신의 카르테 **1**

KAMISAMA NO KARTE [BUNKO]

ⓒ 2011 Sosuke NATSUKAWA

All rights reserved.

Original Japanese edition published by SHOGAKUKAN.

Korean translation rights in Korea arranged with SHOGAKUKAN
through Shinwon Agency Co.

신의 카르테 ¹

이상한 의사

나쓰카와 소스케 장편소설
채숙향 옮김

arte

차 례

제1장 하늘 가득 별이 빛나고 · 7

제2장 멈추지 않는 비는 없다 · 97

제3장 천국에서 온 편지 · 179

일러두기

옮긴이주는 괄호 안에 '옮긴이'를 함께 넣어 표기하였습니다.

제1장

하늘 가득
별이 빛나고

이 무슨 꼴사나운 실수인가……. 나는 탄식했다.

변명의 여지가 없는 실수이다.

아니, 문제는 내가 아니다. 환경이 죄이다. 애당초 나처럼 근면성실의 전형과도 같은 청년 내과의가 벽두부터 변명의 여지가 없는 실수를 저지를 정도이니, 그 환경의 열악함은 상상이 갈 것이다.

어쨌든 사태는 위급했다. 이제는 위급하다고 해도 좋다.

그 위급한 사태를 깨달은 것은 조금 전 일이었다.

오늘 밤은 응급 외래 당직이다.

응급실 입구에는 부상자와 환자가 줄지어 서 있고, 진찰까지 한 시간은 기다려야 할 형편이다.

시간은 이미 밤 11시. 아침까지 아직 열 시간이 남았다. 나는 당직대에 들어가 열여덟 명을 진찰한 시점에 녹초가 되어 "아이고" 하며 한숨을 쉬다가, 문득 기억의 틈새에 걸리는 무언가를 느끼고 손을 멈추었다.

달력으로 시선을 돌려 날짜를 확인한 나는 자신도 모르게 숨을 죽였다.

아뿔싸!

오늘은 우리 부부의 첫 번째 결혼기념일이었던 것이다.

당황한 나는 다시 한 번 달력을 확인했다. 그러나 확인 횟수를 늘린다고 해서 오늘이 어제가 될 리 없다. 결혼기념일 종료까지는 앞으로 한 시간.

"이게 무슨 실수야……!"

나는 피를 토하는 심정으로 혼자 중얼거렸다.

사흘 전까지는 기억하고 있었다. 사흘 전부터 중증 환자 치료로 ICU(Intensive care unit, 집중 치료실 - 옮긴이)에서 먹고 자고 한 데다가 병세가 갑자기 악화되는 병동 환자들까지 겹치면서 거의 잠을 자지 못했다. 날짜 감각이 사라지면서 언제 식사했는지도 기억이 가물가물한 상태로 우왕좌왕하는 사이에 정신을 차리고 보니 당일 밤 11시…….

간호사 대기실을 흘깃 보면서 최소한 아내에게 메일 한 통 정도는 보내두려고 뒷걸음질을 치는데 유능한 간호사들이 이를 눈감아줄 리 없다.

내가 스스로도 이해할 수 없는 움직임을 보이자 금세 눈앞에 카르테(Karte, 환자의 신분이나 증세 등을 기록한 진료 카드-옮긴이)가 산더미처럼 쌓였다.

대담한 미소로 손짓하는 백의(白衣)의 악마…… 아니, 천사들을 앞에 두고 내가 도대체 뭘 할 수 있겠는가.

나는 눈앞에 산더미처럼 쌓인 카르테를 노려보며 다시 혼자 중얼거렸다.

"좋아……."

그리고 오만한 미소를 지었다.

"그렇게 나오면 나한테도 생각이 있지."

하지만 나에게 생각 같은 게 있을 리 없다.

보충 설명을 해야 할 것 같다.

나, 구리하라 이치토는 혼조병원에 근무한 지 5년째인 내과의이다.

시나노대학 의학부를 졸업한 뒤, 홀로 마쓰모토다이라의 중간쯤에 있는 이 병원에 몸을 던졌다. 이후 5년째 근무하고 있다. 혼조병원은 병상이 400개로, 같은 마쓰모토 다이라에 있는 시나노대학 의학부 부속병원의 600개에는 미치지 못하지만, 지방 도시의 일반 병원치고는 상당히 큰 편이다. 일반 진료에서 응급 의료까지 폭넓은 역할을 수행 하는 지역 거점 병원이다.

덧붙여 내 말투가 다소 고풍스러운 점은 부디 양해해주 길 바란다. 이는 경애하는 나쓰메 소세키(夏目漱石, 일본 근 대문학의 토대를 확립한 메이지 시대의 대표적인 작가-옮긴이) 선생의 영향이다. 초등학교 시절부터 『풀베개』(1906년에 발표한 나쓰메 소세키의 초기 명작-옮긴이)를 애독하고 전문 을 모조리 암송할 정도로 읽으면 이렇게 된다. 사소한 문 제일 터인데 세상 사람들은 이 한 가지를 이유로 나를 괴 짜라 비웃으니 한탄스럽다. 이런 경우에는 그들의 너그럽 지 못함을 웃어넘기면 그만이다.

자, 카르테 더미를 옆구리에 끼고 주위를 둘러보니 언제 나 그렇듯이 응급실은 난리 북새통이다.

복통을 호소하는 아저씨, 현기증이 나서 바닥에 주저앉 은 할머니, 천식으로 헉헉거리는 아가씨, 다리가 골절되어 걷지 못하는 총각, 그리고 그들을 둘러싼 가족, 친척, 곁에 서 시중드는 사람들…….

신슈의 일개 지방 도시에 불과한 이 마을 어디에 이렇게 많은 사람들이 있었는지 의심스러울 정도이다. 낮에는 남의 눈에 띄지 않는 지하에라도 숨어 있다가, 해가 지면 동시에 거리로 뛰쳐나와 그 길로 일제히 병원에 몰려오는 게 아닐까 하는 뜻 모를 망상을 하게 된다.

그 정도로 사람들이 넘쳐난다.

줄잡아 통근 시간 역 앞 버스 터미널보다 사람이 많다.

그리고 이 산더미 같은 환자들을 내과의 5년차인 나와 레지던트 두 사람이 대처한다.

말도 안 된다고 생각하겠지?

말도 안 되는 일이다.

그 말도 안 되는 일을 어떻게든 잘 처리해나가야 하는 것이 지방 병원의 현실이다.

일단 최전선에서 눈코 뜰 새 없이 바쁘게 뛰어다니는 레지던트들을 돕기 위해 나도 다시 참전한다.

감기 환자 세 명에다 요로결석, 대상포진, 통풍(痛風)에 메밀 알레르기를 진단하고 있는데 교통사고 외상 환자가 왔다.

스물여섯 살인 이 남성은 오토바이를 타다 굴렀다고 하는데, 그냥 보기에도 왼손이 이상한 방향으로 꺾여 있다.

부러진 것이다. 상당히 아파 보인다. 당연하지.

참고로 변명할 생각은 아니지만, 나는 내과 의사이다.

본래 골절이나 타박상을 치료하는 것은 내과 의사의 역할이 아니다. 하지만 속으로 '나는 내과 의사야'라고 생각해봤자 골절이 폐렴으로 바뀔 리 없다.

환자의 엑스레이 사진을 찍어보니 진단명은 좌측 요골 원위부골절.

대단한 것처럼 진단을 내려보지만, 요골(橈骨)의 한자조차 쓰지 못하니 일천한 경험은 가릴 방법이 없다. 내가 할수 있는 것은 깁스해서 통증을 멎게 하는 정도이다. 물론 잔뜩 허세를 부리면서 말이다.

참고로 이럴 때 '내과 의사' 명찰을 달고 있으면 이를 알아챈 환자는 불안해한다. 하지만 밤에는 낮과 다른 명찰을 건네받는다.

'응급 의사'라는 명찰이다. 실로 편리한 이름이다.

물론 명찰이 아무리 멋지게 변해도 그것을 달고 있는 사람은 낮과 동일한 내과의이다. 만성적으로 의사가 부족한 이 마을에서는 외과, 내과, 이비인후과, 피부과 모두 '응급 의사' 한 사람이 진료한다. 그렇게 해도 되느냐고 묻는 목소리도 있을 것이다. 물론 괜찮을 리 없다. 그러나 이 또한 지방 병원의 현실이다.

세상은 이런 식으로 돌아가고 있는 것이다.

그렇게 계속 돌다가 내가 어딜 향해 가는지 알 수 없게 되는 게 지금의 세상이다. 이럴 때 나만 멈추면 세상 사람들에게 괴짜 취급을 당한다. 나야 괴짜 취급을 당해도 상관없지만, 아내에게 폐를 끼치고 싶지 않아 일단은 같이 돌고 있다. 분명히 대부분의 사람들이 그런 식으로 빙글빙글 돌고 있을 것이다. 여러 가지 불만과 불안을 안고 빙글빙글 돌고 있다.

빙글빙글 빙글빙글…….

"구리하라 선생님, 혼자서 뭘 그렇게 중얼거려요? 환자가 기다린다고요."

갑자기 처치실에서 낭랑한 목소리가 들려왔다.

커튼 사이로 얼굴만 비쭉 내민 사람은 응급실 간호부장인 도무라 씨이다. 나이 3X세로 독신. 유능한 미인 간호사이다.

나는 엑스레이 사진을 내려놓고 일어났다.

"신경 쓰지 마세요. 불합리한 사회 구조에 욕설을 퍼붓고 있었을 뿐이니까."

이렇게 말하면서 커튼을 빠져나가니 모든 환자가 깁스

할 준비를 완벽하게 마쳤다. 정말 솜씨가 좋다.

"욕설을 퍼붓는 것도 좋지만 그런 건 머릿속으로만 해 주세요. 안 그래도 괴짜 의사라고 신입 간호사들이 재미있 어한다고요. 주의하지 않으면 일에 지장이 있어요."

"약자를 혹사시키는 사회. 현명한 약자를 괴짜 취급하는 직장. 불합리함이 여기서 극에 달하는구나……."

들을 테면 들으라는 듯이 중얼거리면서 나는 서툰 손놀 림으로 깁스를 감기 시작했다. 깁스하고 있는 청년이 신기 한 듯한 얼굴로 나를 보는데, 이럴 때는 언짢은 표정을 짓 고 있으면 된다.

도무라 씨는 쓴웃음을 지으며 적당한 지점에서 거들어 준다. 둘이 감는 것보다 그녀가 혼자 처치하는 게 훨씬 깔 끔하게 고정되지 않을까 싶다.

그럭저럭 다 감고 한숨 돌리고 있는 차에 야무진 목소리 가 날아들었다.

"구리하라 선생님, 응급차가 들어옵니다!"

느슨해졌던 분위기가 금세 팽팽하게 긴장되었다. 도무 라 씨에게 나머지를 맡기고 나는 바로 일어났다.

"65세, 남성. 22시 갑자기 가슴 통증 발생……."

젊은 간호사가 한 손에 핫라인(Hot line, 비상용 직통 전화 - 옮긴이)을 들고 구급대에서 나오는 정보를 재빨리 기록하고 있다. 그 옆의 구급차에서 보낸 소식이 기록된 보드를 보았다. 미사토 마을에서 오는 구급차, 도착 예정 시간은 10분 후.

"바이털(Vital)은?"

"혈압 100대, 맥박 125, 산소포화도 89퍼센트, 레벨 다소 혼탁."

"이상한데."

심근경색인가 싶다.

"심전도, 니트로펜(Nitrofen), 산소 준비."

말하면서 흘깃 진찰실 쪽을 보았다. 레지던트인 똥 선생과 된장 선생 모두 눈앞의 환자들만으로도 힘에 벅차 이쪽에 얼굴을 내밀 여유는 전혀 없어 보인다.

사족이지만 레지던트들은 일을 시작한 지 반년밖에 되지 않아서 아직 똥인지 된장인지 구분이 안 되는 존재인지라, 내가 멋대로 머릿속에서 이렇게 부르고 있을 뿐이다. 물론 이 이야기는 입 밖으로 내면 안 된다.

처치실에서 나온 도무라 간호사가 "무슨 일이에요?" 하며 나를 흘끔 보았다.

"아니, 심근경색을 같이 진찰하면 저 사람들한테도 공부가 되지 않을까 해서……."

"선생님의 그런 면은 장점이지만, 현재 응급실 상황에서는 단점입니다."

"어려운 소릴 하시네요."

"쉬운 얘기예요. 그럴 여유가 없다는 겁니다."

이렇게 대화하고 있는데 옆에서 사이렌 소리가 들려왔다. 소리를 알아차린 된장 선생이 뒤돌아봤지만, 아무래도 손을 뗄 수 있는 상황이 아닌 듯하다.

"괜찮아요, 선생님. 이쪽은 제가 처리하겠습니다. 그쪽이나 잘 부탁해요."

손을 흔들며 입구로 갔다.

구급차에서 내린 들것에는 혈색을 잃고 식은땀을 흘리는 남성이 누워 있었다. 최중증을 나타내는 적색 침상으로 이동한 뒤 도무라 씨가 능숙하게 심전도를 찍어 내밀었다.

일순 침묵. 그리고 한숨.

"맞네요. AMI(Acute myocardial infarction, 급성심근경색 – 옮긴이)."

내 말이 끝나자마자 바로 도무라 씨가 목소리를 높였다.

"당장 순환기 의사 선생님께 연락해서 구리하라 선생님과 연결해. 그리고 링거, 채혈, 경증 환자는 일단 손을 놓고 적색 침상부터 우선하도록!"

정말이지 유능하다.

내가 컴퓨터를 향해 세부 지시를 입력하면 나머지는 알아서 해준다. 라인 확보, 니트로펜 설하(舌下) 투여, 카뉠레(액체나 공기를 통하게 하기 위해 몸속에 삽입하는 가는 관 - 옮긴이)로 산소 3리터, 밀리스롤…….

그러나 잠시 쉴 틈도 없이 다시 카운터에서 핫라인이 울렸다.

근처에 있던 젊은 간호사가 바로 받는다. "네, 알겠습니다"라고 대답하며 이쪽을 돌아보았다.

"구리하라 선생님, 19번 국도에서 교통사고, 3중 추돌로 4명 이송!"

나는 컴퓨터를 향한 손을 멈추고 도무라 씨를 돌아보았다. 그녀는 처치하던 손길을 멈추지 않고 나를 흘깃 보며 어깨를 움츠렸다.

아무래도 오늘 밤 역시 잠은 다 잔 것 같다.

나는 일어나서 옆구리에 끼고 있던 카르테 다발을 손에 쥐었다. 적의 본대가 도착하기 전에 현재 발호 중인 전위 부대만이라도 격퇴시켜놓아야 응급실이 패닉 상태에 빠지는 것을 막을 수 있다.

진찰실에 들어가기 전, 문득 시계를 보았다.

0시 5분.

기념일은 지났다.

머리가 아프다……

뇌 한가운데를 쇠망치로 탕탕 때리는 듯하다.

참고로 뇌신경외과 교과서에 따르면 뇌에는 통각신경이 없다고 한다. 따라서 마취 없이 뇌수를 스푼으로 질척질척 휘젓는다고 해도 사람은 아픔을 느끼지 않는다는 것이다. 물론 실제로 시험해본 사람은 없으리라. 시험해보고 나서 "아파요?"라고 물었을 때 대답할 수 있다면 인간이 아닐 것이다.

어쨌든 머리 정중앙이 깨질 것 같은 고통을 느낄 때마다 나는 보통 사람에게는 없는 특수한 통각신경이 내 머릿속에 존재하고 있음을 확신하게 된다. 그러나 정작 아플 때는 이 귀중한 대발견을 타인에게 이야기할 힘이 없고, 아프지 않을 때는 어처구니가 없어서 말할 수 없다.

의국 소파에 비스듬히 누워 시계를 보니 시간은 저녁 5시 30분. 2층의 의국 창밖으로는 벌써 해가 지려는지 갈색 하늘이 펼쳐지고 있었다.

어젯밤부터, 아니 정확히는 어제 아침부터 연속 35시간째 근무 중이다. 그사이 모두 합쳐 한 시간 반 정도 선잠을 자긴 했지만, 그 외에는 쉬지 않고 움직이고 있다. 참고로 병동 업무는 하나도 끝나지 않았다.

앞으로 회진할 것을 생각하니 왠지 머릿속 쇠망치가 한층 강력해진 느낌이 든다.

"어이, 또 대박 당직을 섰다면서?"

난데없이 거침없는 큰 목소리가 들려왔다.

소파 위에서 고개만 돌려보니 짐승처럼 시커먼 거구의 사나이가 뭘 착각했는지 백의를 걸치고 서 있다.

나는 몹시 두려워서 일단 작은 목소리로 말을 꺼냈다.

"죄송하지만 여기는 병원 의국으로 관계자 이외에는 출입금지 구역입니다. 특히 피부가 너무 까맣고 덩치가 큰 남자를 보고 환자분들이 놀라면 몹시 위험하므로……."

"바보 같은 소리 한다."

스나야마 지로가 히죽 웃으며 말했다.

안 그래도 시커먼 피부에 새하얀 가운을 걸치고 흑백 텔레비전의 괴물 같은 형상을 보여주는 이 거한이 스나야마 지로이다.

홋카이도 낙농가 출신인 이 거한은 의학부 학생 시절부

터 알고 지내온 나의 지기(知己)로, 같은 기숙사 옆방에서 4년이나 생활해온 지긋지긋한 사이이다. 졸업 후에 그는 대학병원 외과 의국에 들어갔다. 덕분에 대학 의국과 등을 돌리고 처음부터 시내에 있는 혼조병원에 취업한 나와는 단번에 접점이 사라졌다. 겨우 꼴사나운 인연에서 해방되었다고 안심했는데, 어찌 된 기연(奇緣)인지 의사가 되고 3년 후, 그는 대학 의국 인사이동에 의해 혼조병원 외과로 파견을 나왔다.

결국 그때부터 2년에 걸쳐 책상에 나란히 앉아 일하는 날들이 이어지고 있다.

지로는 부임하자마자 "모처럼 지긋지긋한 인연에서 벗어났다고 생각했는데, 널 다시 만나게 될 줄은 몰랐어"라고 중얼거리는 나에게 "쑥스러워하긴"이라며 의미 불명의 단어를 큰 소리로 외쳤던, 머리가 이상한 남자이다.

"역시 '환자를 끌어당기는 구리하라'다워. 네가 응급실에 나오면 병원 수입이 1.5배가 된다며?"

아하하하 웃으며 익숙한 손놀림으로 인스턴트커피를 두 잔 탄다.

무지막지하게 진한 인스턴트커피는 괴수가 몹시 좋아하는 음식이다.

농담인가 싶을 정도로 다량의 커피 분말을 녹여서 대단히 쓰게 만든 후, 이번에는 거기에 설탕을 듬뿍 집어넣는다. 그렇게 쓴 것인지 단 것인지 알 수 없는 진한 스나야마 블렌드가 완성된다. 철야를 마친 혀에 이 커피를 주입하면 혀가 얼얼해지는데, 어떻게 평가해도 이 커피는 독 이외의 아무것도 아니다. 철야를 마치고 판단력이 흐려졌을 때가 아니면 무서워서 절대 마실 수 없다.

　"AMI, 기흉(氣胸), 골절, 마지막엔 토혈(吐血) 환자까지 왔다지? 지난주 내가 당직을 섰을 때는 그 반도 오지 않았어."

　지로는 내 맞은편에 털썩 앉았다.

　철야로 피로가 극에 달한 나는 대답하기도 귀찮아서 말없이 커피를 홀짝거렸다. 혀가 저리다.

　"마지막 토혈은 출혈성 위궤양이었다며? 철야를 마친 머리로 오죽이나 카뉼레 처리를 잘했겠어."

　"……이 맛없는 커피 어떻게 좀 안 되겠어? 이러다 내가 궤양에 걸릴 것 같아."

　들으라는 듯이 스나야마 블렌드에 욕을 해댔지만, 내 불평 따위는 거한의 잘 그을린 피부에 아무런 고통도 주지 못한다. 거한은 호쾌한 웃음소리로 대답할 뿐이다.

실제로 최근 5년간 내가 응급실 당직을 서는 날에만 중증 환자 수가 많다. 이런 의사를 간호사들은 '환자를 끌어당기는 의사'라고 하며 상당히 귀찮아한다. "구리하라 선생님이 당직인 날은 거의 잠을 못 잔다"고 응급실 간호사들이 입을 모아 수군거린다. 간호사들 중에는 한 달 근무표 속에서 내가 당직인 날에만 빨간 동그라미를 치고 주의를 기울이는 사람이 있을 정도이다.

열심히 일했을 뿐인데 남에게 민폐를 끼치고 있다니, 나야말로 이게 무슨 꼴이란 말인가.

나는 소파에 기댄 채 창밖으로 시선을 돌렸다.

"애초에 아무 생각 없이 저런 간판을 내거니까 이렇게 환자가 많이 모여들어서 허용량을 초과하는 일을 해야 하는 거야."

창문 너머로 보이는 병원의 정면 현관에는 '24시간, 365일 진료'라고 큰소리를 친 간판이 모양만은 당당하게 걸려 있다. 낮 진료도 겨우 헤쳐나가고 있는 상황에서 부끄러워하는 기색도 없이 잘도 매달려 있다.

"뭐, 응급 의료는 어느 병원에서나 꺼리는 일이니까."

지로가 컵을 든 채 느릿느릿 일어나 창가로 다가가면서 말했다.

"도시의 대학병원에서조차 환자를 이 병원 저 병원으로 보내거나 접수를 거부해서 문제가 되는 게 지금 세상이야. 일개 지방 병원에서 저런 이념을 걸고 있다는 건 그것만으로도 대단한 일이지 않아?"

"이념은 훌륭하지. 나도 찬성하니까 이렇게 일하고 있는 거야. 하지만……."

새어나오는 것은 한숨뿐이다.

혼조병원은 개설 이래 변함없는 이념을 확립해 유지하고 있다. 진료에 낮과 밤을 가리지 않는다. 환자를 1차 환자, 3차 환자로 나누지 않는다. 모든 환자를 받아들이는 것은 지역 의료의 거점 병원으로서 당연한 의무라고 말이다.

이념은 완벽하다. 그러나 내실은 그렇게 단순하지 않다.

심야에도 구급차 사이렌은 끊이지 않고, 환자를 받아들이는 것은 수면 부족과 저혈당에 시달리는 의사와 경험이 부족한 레지던트이다. 물론 환자 입장에서 보면 고마운 간판이겠지만, 내부에서 보면 완전히 빛 좋은 개살구이다.

"어쨌든 너무 낙심하지 마, 이치토. 우리는 이 마을의 의료를 떠받치고 있어. 보람찬 일이잖아."

나는 그런 말을 의기양양하게 뱉어내는 거한의 외과의를 기가 막혀 쳐다보았다.

"그 한없이 긍정적인 사고는 네 많지 않은 장점 중 하나야. 경탄할 만해."

"아니 뭐, 그 정도는 아니야."

"바보 녀석, 난 비꼬는 거라고."

매섭게 한 번 째려보지만, 시커먼 괴물은 신경 쓰는 기색이 조금도 없다. 마냥 히죽히죽 웃을 뿐이다.

그 괴물이 갑자기 얌전한 표정을 지었다.

"그런데 이치토, 물어보고 싶은 게 좀 있는데……."

목소리까지 작다. 시커먼 거한이 꿈지럭거리는 모습은 상당히 징그럽다.

"남쪽 3병동의 미즈나시 씨 말이야, 남자친구 있어?"

질문 의도가 바로는 짐작 가지 않아서 잠시 침묵했다.

"……미즈나시 씨라니, 병동 간호사 미즈나시 씨?"

"그럼 또 누가 있겠어, 당연히 그 작고 귀여운 미즈나시 씨지."

"……너……."

"알아!"

지로가 갑자기 소리를 높였다.

놀란 나머지 마시다 만 맛없는 커피가 비강까지 역류했다. 코까지 저리다.

"안다고, 이치토. 그 귀여운 미즈나시 씨와 난 완전히 '미녀와 공룡'이야. 하지만······."

"지로, 일단 공룡에게 사과하게."

놀랍게도 이 거대하고 시커먼 남자가 저 귀여운 간호사를 좋아한다고 한다.

미즈나시 씨는 밤색 머리를 짧게 자르고 미소가 귀여운 간호사이다. 아직 1년차 신입이지만 마음씨도 곱고 배려 있는 성격으로, 물론 미혼이다. 당연히 인기가 있다.

참고로, 아무래도 상관없지만 지로도 미혼이다.

"이치토, 데, 데이트라는 건 갑자기 데, 데이트라고 하면 되는 건가?"

"너, 무슨 소릴 하는 거야?"

이 남자, 외과 수술에 관해서는 동년배도 놀랄 만큼의 지식과 경험을 가지고 있지만, 여자 문제에 관해서는 거의 초등학생 수준이다.

"매정하게 말하지 마. 너도 하루나 쨩을 가미코치(일본 혼슈 중앙부 나가노현의 서쪽에 있는 고산 지대 휴양지 – 옮긴이)까지 불러내서 데이트했다고 했잖아."

여기서 말하는 하루나는 내 아내이다.

"바보 같은 소리 하지 마. 내가 가미코치에 갔는데 그 사람이 몰래 따라왔던 것뿐이야."

"저, 정말?"

"당연히 거짓말이지."

컵 안에 든 스나야마 독소를 단숨에 마셔버리고, 나는 일어났다.

철야는 끝났다고 해도 병동 업무가 남아 있다.

"이, 이봐. 도망가는 거야, 이치토?"

"일해야 해. 아직 회진이 안 끝났어."

"그럼 남쪽 3병동에 가는 거야?"

"거기는 내과 병동이잖아. 당연하지. 미즈나시 씨에게 전할 말이라도 있어?"

"그, 그야 가능하면……."

"'스나야마 선생님이 자네랑 데이트하고 싶대'라고 전하면 되겠네."

"그런 창피한 소리는 하지 마!"

"어쩌라는 거야!"

나는 한심한 기분이 들어 등 뒤에서 기성(奇聲)을 지르는 시커멓고 커다란 몸을 무시하고 의국 문을 나섰다. 확실히 두통은 악화되고 있다.

내가 소속된 혼조병원 소화기내과에는 나 이외에 두 명의 의사가 더 있다. 모두 엄청난 베테랑 선배들로, 각각 소화기내과 부장과 부부장을 맡고 계신 높으신 선생님들이다.

배를 문지르면서 호쾌한 웃음소리로 환자들을 매료시키는 모습 때문에 나는 부장 선생님을 '왕너구리 선생님'이라고 부르고 있다. 부부장 선생님은 너무 말라서 3일 밤을 새우며 일하든 3일을 푹 쉬든 변함없이 안색이 좋지 않아 왕너구리 선생님과는 대조되는 모습을 보이기 때문에, '늙은 여우 선생님'이라는 호칭을 붙였다.

두 선배님 모두 놀랄 만한 내시경 테크닉의 소유자이다. 왕너구리 선생님은 '신슈의 신의 손'으로 불리는 양반이고, 늙은 여우 선생님은 그 오른팔로서 오랫동안 이 마을의 의료를 떠받쳐왔다.

지극히 바쁜 혼조병원 소화기내과에 나를 제외하면 의사는 이 두 사람뿐이다. 이만큼의 전력으로 외래, 병동, 내시경 검사, 야간 긴급처치 등을 전부 소화해야 한다. 말도 안 되는 이야기이다.

물론 병원에서도 대대적으로 의사를 모집하고 있지만, 이 일개 지방 병원에 쉽게 의사가 올 리도 없고, 만일 와준다고 해도 너무나도 열악한 환경에 질려버려 바로 떠나는 게 대부분이다.

이렇게 악순환에 빠진 지방의 의사 부족 현상은 매년 가속화할 뿐이다.

내 경우를 봐도 각별한 뜻이 있어 계속 일하고 있는 것은 아니다. 한 줌의 신념과 불면 날아갈 것 같은 사명감만이 겨우 내 몸을 지탱하고 있다.

원래 모든 면에서 괴짜 취급을 받는 인간인지라 보통 사람이라면 중간에 실패할 것 같은 지점도 그냥 지나치며 태연한 모습을 보이는 면도 있을 것이다. 무슨 이유에서인지 이 병원에 온 지도 머지않아 만 5년이 된다.

"이야, 구리하라 군…… 회진인가요?"

지로의 바보 같은 소리를 뿌리치고 의국을 나섰다. 그 길로 내과 병동인 남쪽 3병동에 얼굴을 내밀자마자 가냘픈 목소리가 들려왔다.

병동 한쪽 구석에서 어느 환자보다도 안색이 나쁜 늙은 여우 선생님이 휘청거리며 일어나 불안한 발걸음으로 걸어왔다.

"선생님, 몸은 괜찮으세요?"

"몸? 보다시피 최고예요. 구리하라 군이야말로 어제 당직을 섰는데⋯⋯ 수고했어요. 이제 회진입니까⋯⋯?"

"네. 선생님, 나머지는 제가 정리해둘 테니 가끔은 집에 들어가세요. 벌써 5일이나 병원에 머물고 계시잖아요."

"그렇군요⋯⋯. 벌써 그렇게 됐나요⋯⋯."

떨리는 작은 목소리, 띄엄띄엄 이어지는 대화, 이상하게 희박한 존재감⋯⋯. 늙은 여우 선생님과 이야기하고 있으면 왠지 병원에 씐 지박령과 문답을 주고받는 듯한 기분이 든다.

"다정하네요, 구리하라 군은⋯⋯. 그럼 모처럼⋯⋯ 그 말을 받아들여 오늘은 집으로 돌아갈까요⋯⋯."

"그렇게 하세요. 안심하고 성불⋯⋯ 아니, 귀가하세요. 그러고 보니 부장 선생님은 어디 가셨나요?"

"그 사람은 벌써 집에 갔어요. 나머지는 구리하라 군에게 맡긴다나 뭐라나⋯⋯. 오늘은 사모님 몰래 따님이랑 단둘이 한잔하러 간답니다⋯⋯. '집사람한테는 비밀이야'라고 하면서, 아주 즐거워 보였어요⋯⋯."

농담인지 진담인지 명백하지 않다. 참고로 왕너구리 선생님에게는 딸이 없다.

훌쩍 걸어가는 늙은 여우 선생님을 바라보며 나는 병동을 걷기 시작했다.

환자 40명. 끝이 보이지 않는 회진이다.

병동 오른쪽에 늘어서 있는 큰 방에는 경증 환자들이 입원해 있다.

질환은 폐렴에서 심장 기능 상실, 위궤양에서 류머티즘까지 다양한 범위에 걸쳐 있다. 나는 내과 중에서도 소화기내과 전문이지만, 만성적으로 의사가 부족한 지방 도시 병원에서 자기가 좋아하는 일만 골라 하는 것은 당연히 통하지 않는다. 내과의가 밤이 되면 응급의로 변하는 것과 마찬가지 이치이다.

내 전공은 소화기네 순환기네 하며 큰소리칠 수 있는 것은 지방에서 대학병원 정도이다. 현장에서 중요한 것은 의사인지 아닌지 정도일 것이다.

큰 방 중에서도 제일 앞에 있는 303호실에는 세 명의 여성이 입원해 있다.

내가 들어가자 일제히 "꺄~"하고 날카로운 비명을 지르며 얼굴을 붉힌다. 얼굴을 맞대고 내 머리 모양이나 복장에 대해 소곤소곤 이야기하고, 뭔가 만족스러운 듯이 서로 고개를 끄덕이곤 한다.

"선생님은 역시 멋져"라는 도요시나 씨.

"피곤한 얼굴도 멋져"라는 아카시나 씨.

"왠지 부끄러워"라는 구라시나 씨.

……나는 그녀들에게 매우 사랑받고 있다.

아니, 지레짐작하면 곤란하다. 그녀들의 평균 연령은 69세이다. 세 명을 합치면 200살이 넘는다.

당뇨병 3총사라는 별칭을 얻은 도요시나 씨, 아카시나 씨, 구라시나 씨는 당뇨병 교육 입원 환자이다.

생활습관병인 제2형 당뇨병은 만만하게 보았다간 엄청난 사태를 몰고 오는 무서운 병이다. 3대 합병증으로 신증(腎症), 망막증, 신경증을 들 수 있고, 당당하게 일본인의 투석 원인질환 1위, 실명 원인질환 2위를 차지하고 있다. 참고로 실명 원인질환 1위는 현재 녹내장이지만, 10년 전까지는 당뇨병이었다.

따라서 이러한 중증 합병증이 생기지 않도록 조절하는 것이 당뇨병 환자의 애로 사항이다. 즉 식사나 운동 지도를 행하는 교육 입원의 의의는 여기에 있는 것이다.

그녀들은 하루의 대부분을 먹지 않으면 떠든다. 교육 입원 환자에게서 종종 볼 수 있는 일인데, 그들은 결코 움직이지 않는다. 절대 걷지 않는다. 그래서 당뇨병에 걸리는 것이다.

따라서 지도하는 것은 두 가지밖에 없다.

먹지 마라, 움직여라.

이상.

그러나 그녀들은 내 지도 같은 것은 들은 척도 하지 않고 얼굴을 마주할 때마다 내 품평을 하면서 마구 흥분한다. 물론 주먹밥이나 쿠키 같은 것을 손에 쥐고 말이다.

무심코 거기에 응수해 "내가 그렇게 인기인입니까?"라고 물으면, "어머, 선생님! 너무하시네, 젊은 남자라면 누구라도 상관없어요"라고 대답한다.

……과연 합쳐서 200년의 세월은 겉멋이 아니다.

카르테에 기재했다.

'조기 퇴원.'

아즈미 씨라는 담낭암 환자분이 있다.

72세의 할머니. 땅딸막한 체구로, 언제 어디서 마주쳐도 정중하게 머리를 숙이고 인사한다. 다정해 보이는 미소 때문에 간호사들 사이에서도 인기가 많다.

다행히 지금은 가벼운 통증 이외에는 증상이 없다. 항암제를 투여 중이지만 부작용도 나타나지 않고 있다.

컨디션이 좋을 때는 담화실 한쪽 구석 의자에 오도카니

앉아, 저 멀리 북알프스(일본 혼슈의 세 개 현에 걸쳐 있는 히다산맥을 이른다 – 옮긴이)의 산들을 몇 시간이고 가만히 바라보고 있다. 산을 좋아한다고 한다.

항상 늦게까지 수고가 많으세요, 라고 다정하게 머리를 숙이는 아즈미 씨를 보면 간호사들이 하는 말이 선뜻 이해가 된다.

그렇다, 내 마음이 맑아지는 것이다.

간호사 대기실에서 가장 가까운 개인실에는 다가와 씨가 입원해 있다.

"다가와 씨는 이제 어렵겠어요."

컴퓨터를 보며 전자 카르테를 치고 있는데, 뒤에서 누군가 말을 걸었다.

고개를 들어보니 병동 주임 간호사 도자이 나오미가 서 있다.

"고통도 상당히 심한 것 같아."

대기실 맞은편 300호실로 시선을 향했다.

다가와 씨는 62세의 췌장암 남성으로, 발견 당시 이미 암이 전신으로 전이되어 손쓸 방법이 없었다. 2주 전부터 상태가 악화되어 현재는 하루하루 모르핀으로 겨우 견디고 있는 상태이다.

"모르핀이 잘 안 들어."

"그래요, 어떻게든 해드리고 싶은데……. 모르핀을 좀 더 늘릴 수 없을까요?"

"저 상태에서 약을 알맞게 조절하는 게 얼마나 힘든지 알잖아. 고통이 멈춰도 호흡까지 멈추면 의미가 없어."

"알아요."

이렇게 중얼거리며 도자이는 옆자리 단말기 앞에 앉았다. 다가와 씨의 검사 데이터를 불러냈다. 황달에 신부전, 복수(腹水) 증상도 나타나고 있다.

"2주…… 경우에 따라서는 1주일 이내에 갑자기 악화될 수도 있어."

"가능한 한 편히 지낼 수 있도록 해드리고 싶어요."

나는 잠자코 고개를 끄덕였다.

도자이는 28세의 나이로 병동 주임 간호사까지 된 매우 우수한 여성이다. 머리가 좋은 데다가 무엇보다 위급할 때도 절대 당황하지 않는 냉정함으로 정평이 나 있다. 나도 과거 몇 년 동안 아수라장을 겪으면서 적잖이 신세를 진 경험이 있다.

그 수완가 도자이가 드물게 난감한 표정을 짓고 있다.

"무슨 일 있어?"

"사실은요…….'

도자이가 살짝 목소리를 낮추고 이야기한 바에 따르면, 다가와 씨의 담당 간호사는 아직 1년차 신입으로 암 환자를 간호한 경험이 없는데, 그 간호사가 최근 괴로워하는 다가와 씨를 보면서 상당히 동요하고 있는 듯했다.

"그럼 담당을 바꾸면 되잖아?"

"그런 문제가 아니잖아요. 누구든지 거쳐야 하는 길이니까."

도자이는 어이없다는 표정을 지었다. 오랫동안 알고 지낸 까닭에 깨닫지 못했는데 의외로 미인이다.

"제 입장에서는 옆에서 잘 도와줘서 이 어려움을 스스로 이겨내도록 해주고 싶어요."

"그렇군. 그래서 주치의인 나에게 미리 얘기해두겠다는 거로군."

"그래요."

"괜찮을 거야. 유념해두지. 간호사 이름은?"

"미즈나시 요코, 아직 1년차예요."

문득 키보드를 두드리는 손이 멈추었다.

흠, 묘한 타이밍이다.

"무슨 일 있어요?"

"아니, 미즈나시 씨에게 남자친구가 있는지 없는지가 문제인 것 같아."

"……저기요, 저는 진지하게 하는 이야기예요."

불끈 화가 난 도자이는 가느다란 팔을 허리에 올리고 나를 노려보았다.

이러면 안 돼. 아무래도 피로가 극에 달한 나머지 생각과 말을 제대로 구별할 수 없는 상태가 된 듯하다. 나를 보는 도자이의 눈이 매섭다.

"선생님은 그렇지 않아도 모두에게 괴짜 취급을 받고 있어. 그러니까 남의 이야기 정도는 진지하게 듣는 태도를 보이세요. 안 그러면 저도 도와드릴 수 없어요."

"무슨 소리야? 나는 언제나 대단히 진지해. 애당초 근면성실의 전형과도 같은 나를 괴짜 취급하는 건 무례하기 그지없는 일이야. 그런 말을 하는 녀석은 도대체 어디의 누군가?"

"그 시대착오적인 말투를 볼 때 이상하다고 느끼는 거겠죠. 나쓰메 소세키만 읽으니까 말투가 이상해지는 거라고요."

실로 당돌하고 불합리한 말투이다. 확실히 나의 애독서

는『풀베개』이다. 진료 사이사이에도 이 책을 펼쳐놓고 반복해서 읽고 있다. 그러나 그것 하나로 나를 괴짜 취급하다니, 속이 좁은 것도 정도가 있다.

"내가 소세키를 읽든 모리 오가이(森鷗外, 일본 근대문학의 창시자 가운데 한 사람이며 군의관이자 소설가로 왕성한 활동을 했다 - 옮긴이)를 읽든 자네가 알 바 아니잖아?"

"네, 물론 제가 알 바 아니죠. 알 바 아니지만 저 나름대로……."

갑자기 도자이는 입을 다물었다.

"뭐야?"

"아무것도 아니에요."

도자이는 고개를 획 돌렸다. 그리고 한숨 섞인 목소리로 덧붙였다.

"어쨌거나 걱정하고 있다고요. 머리는 좋은데 이상하게 자각이 부족하니까 오히려 손을 댈 수가 없어."

"나는 아내가 있는 몸이야. 손 같은 건 대지 않아도 돼."

이 말 직후의 침묵은 좀 전보다 훨씬 매섭게 바뀌어 있었다.

그러나 뭔가 되받아치려고 했던 도자이는 큰 한숨과 냉랭한 시선을 남긴 채 어디론가 가버렸다.

아뿔싸…….

피로가 쌓이면 논리가 흐려지고 실언이 늘어난다. 아무래도 상관없는 것에 집착하고 사고의 질도 저하된다. 물론 내가 잘못한 게 아니다. 이것 역시 열악한 환경이 초래한 일이다. 그러나 도자이를 화나게 하는 것은 도리에 맞지 않기 때문에 나중에 사과라도 한마디해두어야 할 것이다. 아이고, 일이 하나 더 늘었다.

나는 땅이 꺼져라 한숨을 쉬며 시계를 보았다.

이미 밤 10시.

일을 시작한 지 이제 곧 40시간.

지금 당장이라도 수마(睡魔)에 사로잡힐 것 같지만, 환자의 링거 주사도 지시하지 않고 그냥 잘 수는 없다.

아무리 그래도 환자 수가 너무 많다. 아니, 애당초 의사가 너무 부족하다. 내과의가 두 명만 더 있어준다면 이런 말도 안 되는 일은 없을 것이다. 철야로 쓰러질 것 같은 의사에게 링거를 맞는 환자도 불쌍하다. 예를 들어 고속버스 기사가 수면 부족 상태라면 누가 그런 버스에 타고 싶겠는가.

아, 안 돼…… 왠지 예로 드는 이야기도 좋지 않다.

한 번 더 크게 한숨을 쉬는데 갑자기 눈앞에 커피 잔이 나타났다.

"이제 한숨 돌렸죠? 힘내세요, 선생님."

고개를 들어보니 어디로 가버렸나 했던 도자이이다.

커피 잔에서는 스나야마 블렌드와는 확실히 다른, 콧구멍을 간질이는 좋은 향기가 피어오른다. 카페인 향이 남은 기력을 되살아나게 하면서 갑자기 머리가 맑아지고 졸음이 가셨다.

홀짝거리며 맛에 취한다.

이것이 바로 진짜 커피이다.

맛있게 홀짝거리는 나를 보면서 도자이의 매서운 얼굴에 살짝 웃음이 흘렀다.

"이제 힘 좀 났어요?"

"응, 고마워. 하지만 도자이, 전에도 이미 말했지만 난 아내가 있는 몸이야. 커피 한 잔으로 홀리려고 해봤자 소용없다고."

도자이의 웃음이 미묘하게 일그러진 채 얼어붙었다.

그 뒤로 이어진 침묵 속에 오갔던 것은 과연 무엇이었을까?

도자이는 갑자기 몸을 돌리더니 뒤도 돌아보지 않고 말을 뱉었다.

"선생님, 머리 CT(컴퓨터 단층촬영)를 한 번 찍어보는 게 어때요?"

카페인으로 머리가 맑아진 듯한 느낌이 든 것은 기분 탓이었나 보다.

밤하늘에 달이 흐르고 있다.

정확히 말해 흐르는 것은 구름이지만, 과로의 영향으로 조용한 구름의 맞은편을 청백색 달이 엄청난 속도로 이동하는 것처럼 보인다. 가만히 보고 있자니 눈이 핑핑 돈다. 그래도 꾹 참으며 봤더니 속이 안 좋아져서 적당히 보다가 시선을 떼고 걷기 시작했다.

때는 9월. 병원을 나선 것은 한밤중인 1시 전으로, 초가을 바람이 제법 쌀쌀하다.

오사카나 도쿄에서는 아직 늦더위가 기승을 부리는 계절이겠지만, 이 마을의 가을은 이미 겨울을 준비 중이다. 신슈의 가을은 짧아서 늦더위는 며칠이면 잠잠해지고, 우쓰쿠시가하라(아름다운 초원이라는 의미의 고원 -옮긴이) 정상이 하얗게 물들기 시작하면 금세 모든 것이 얼어붙는 계절이 온다.

갑자기 구름이 싹 갈라지면서 주위에 달빛이 가득 찼다.

윗부분이 살짝 파인 음력 13일의 달이 집으로 가는 길을 창백하게 물들였다. 아스팔트마저 달빛을 받아 푸르다. 쥐 죽은 듯 조용해진 푸른 길은 이대로 영원히 저세상까지 이어져 있을 것 같은 묘한 기분이 들게 했다.

병원에서 북쪽으로, 민가 사이를 바느질하듯이 골목길을 지나면 거목에 둘러싸인 사당 경내의 숲에 다다른다.

후카시 신사이다.

스가와라 미치자네(菅原道真, 헤이안 시대에 활동한 학자로 학문의 신으로 추앙받는 인물-옮긴이)를 제신(祭神)으로 모시는 아주 작은 신사이지만, 역사도 오래되고 건물에도 정취가 있다. 낮 동안에는 무례한 이웃 사람들이 경내를 주차장 대신 사용해서 몹시 비좁지만, 이 시간에는 널찍한 흰 자갈밭이 달빛을 받아 고요하게 빛나고 공기가 투명하다. 배례전(拜禮殿) 옆 붉은 등롱이 흥취를 더해 상당히 아름답다.

흘깃 뒤돌아보니, 집들 사이로 혼조병원의 새까만 그림자가 보인다. 푸른 달빛 아래 거대한 건조물은 마치 지금막 일어서려고 몸을 굽힌 다이다라봇치(일본 각지에서 전승되는 거인으로 산이나 호수, 늪을 만들었다는 이야기가 많다-옮긴이) 같다.

후카시 신사 경내를 빠져나와 이윽고 에키마에 거리, 나카초 거리, 메토바강, 나와테 거리를 건너 요하시라 신사를 지나면 마쓰모토성이 그 위용을 드러낸다. 이 시간에는 조명도 꺼져 있지만, 달빛에 떠오르는 검은 옷을 입은 성은 역시 국보다운 당당한 박력이 있다. 구로몬(黒門) 앞에서 내해자(内垓字)를 따라 성의 외곽을 빠져나가면 옛 격식이 남아 있는 주택가가 펼쳐지고, 그 한쪽 구석에 내가 살고 있는 집이 있다.

'온타케소(御嶽莊).'

커다랗고 오래된 입간판을 매단, 지은 지 20년이 지난 유령 저택 같은 2층짜리 목조 가옥이다.

원래는 여관으로 경영하던 건물인데, 지금은 각각의 방을 다른 사람에게 빌려줘 하숙으로 이용하고 있다. 1층, 2층에 방이 꽤 많고, 긴 복도가 각 방을 연결하는 웅장하고 호화로운 설계인 것을 보아 한때는 꽤 호황을 누렸을 것이다. 지금은 그 빛나는 역사가 조금도 보이지 않는다. 모양새만큼은 훌륭한 현관 옆에는 멋진 매화 고목이 가지를 펼치고 있는데, 전혀 손질되지 않은 가지들이 처마나 기와에 엉겨 붙어 거의 드넓은 숲 속 유적과도 같은 모습을 하고 있다.

열쇠로 잠긴 것을 본 적이 없는 현관 미닫이문을 열었다. 신발을 벗고 들어가면 여긴 밖이 아닐까 의심스러워지는 먼지투성이 복도가 나온다. 거기서부터 구멍이 뚫릴 것 같은 계단으로 올라가면 2층 세 번째 방인 '벚꽃방'이 나온다. 이곳이 우리 집이다.

"나 왔어."

장지문을 열고 방을 들여다봤지만 아내의 모습은 없다.

6평짜리 다다미방 한가운데 자리 잡은 좌탁에 작은 메모가 놓여 있다.

> 일하느라 수고 많았어요.
> 촬영 때문에 일주일 정도 몽블랑에 다녀오겠습니다.
>
> 하루

맞다. 그러고 보니 그런 이야기를 했던 것 같은 기분이든다. 이번에는 산 정상에서 아침 해를 찍는다고 했다. 그런데 몽블랑……?

메모 옆에는 상자에 든 옻칠한 만년필과 직접 만든 작은 팬케이크가 랩에 싸인 채 놓여 있다. 거기에도 메모.

결혼기념일 축하해요. 또 1년 동안 잘 부탁합니다.

"흠, 나야말로 잘 부탁해"라고 말을 걸어보지만, 대답이 돌아올 리 없다.

조금 쓸쓸하다.

다다미 위에 벌렁 누워본다. 먼지 하나 없이 질서정연한 방은 아내가 매일 노력한 결과이다. 당장이라도 무너질 것 같은 온타케소에서 이 방이 '극락의 방'이라는 별명을 가지게 된 것은 바로 그 때문이다. 처마 밑에는 쥐가, 지붕과 천장 사이에는 비둘기가 둥지를 틀고 살며 시종 사람이 아닌 뭔가가 날개 치는 소리나 들락날락하는 소리가 들리는 온타케소이지만, 이 벚꽃방만은 아내의 은덕 때문인지 기분 좋은 정적을 지키고 있다.

새벽 1시, 그것도 철야를 마치고 왔는데도 묘하게 눈이 말똥말똥하다. "그럼" 하면서 머리맡에 쌓아 올린 책 중에서 아쿠타가와 류노스케(芥川龍之介, 이지적 작풍의 아름다운 글을 쓴 일본의 소설가-옮긴이)의 『톱니바퀴』를 손에 잡아보지만, 읽을수록 기분이 가라앉아 적막함이 더할 뿐이다.

그때 문득 "닥터, 닥터……"라는 묘한 소리가 들렸다.

무심코 귀를 기울였다.

"닥터, 닥터……."

나는 퍼뜩 알아채고 일어섰다.

"이 목소리는 남작인가!"

"남작일세. 닥터, 오랜만에 집에 왔군."

나는 방 한쪽 구석에 아무렇게나 늘어놓은 나쓰메 소세키 전집 쪽으로 다가가 『피안 지날 때까지』와 『몽십야(夢十夜)』를 끄집어냈다. 두 권 분량을 치운 공간 아래, 마루청이 떨어져나간 데가 있다. 쌀쌀한 바깥 공기가 흘러들어오면서 동시에 좀 전의 목소리가 확실히 커졌다.

"닥터, 오랜만에 한잔 어때?"

목소리의 주인공은 우리 벚꽃방 바로 아래에 있는 '도라지방'의 주민, 통칭 '남작(男爵)'이다. 벚꽃방의 마루청 일부가 썩어 떨어져나가면서 도라지방의 천장 밑과 이어지게 되었다. 게다가 무슨 우연이 작용했는지, 도라지방의 천장 판자도 일부 썩는 바람에 나와 남작은 이 동굴을 통해 직접 대화할 수 있게 되었다.

"왠지 하루나 공주님도 안 계신 것 같고, 혼자 있지? 마침 학사님이랑 한잔하고 있었어. 자네도 같이 한잔 어때?"

내일은 일이 있다. 아침 8시에는 병동에 있어야 한다. 지금은 새벽 1시, 게다가 철야 다음 날…….

하지만 바쁜 나머지 결혼기념일을 바람맞힌 데다가, 겨우 집에 왔더니 아내가 없다는 이 적적함을 도저히 달랠 길이 없다.

내 마음은 금세 아래쪽을 향해 흐른다.

"갈게, 마침 몰래 숨겨놓은 긴조(60퍼센트 이하로 도정한 백미에 누룩과 물을 첨가해 저온 발효시켜 양조한 맛과 향이 뛰어난 청주-옮긴이)가 한 병 있어."

"그럼 학사님 방에서 기다리겠네."

남작의 목소리가 멀어져갔다.

나는 『피안 지날 때까지』와 『몽십야』를 제자리에 돌려놓고, 책장 속 『해리슨 내과 의학』의 거대한 상자를 빼냈다. 상자 안에는 준마이다이긴조(50퍼센트 이상 도정한 쌀로 만든 완성도 높은 술-옮긴이)인 '하쿠바니시키' 4홉(1홉은 약 180밀리리터-옮긴이)짜리 병이 들어 있다.

햇빛을 싫어하는 일본술을 보존해두는 데 거대한 책 상자는 꽤 편리하다. 유일한 난점은 4홉짜리 병이 들어갈 정도의 큰 책이 평소 잘 보이지 않는다는 것이다. 그런 점에서 의학서는 지극히 실용적인 거대함을 갖추고 있으니 고마운 일이다. 의사가 되길 잘했다고 생각하는 몇 안 되는 순간이다.

아내에게는 비밀이지만 그 밖에도 『도다 세균학』이나 『네터 해부학』 상자에는 귀중한 명주가 보관되어 있다. 상자의 본래 내용물은 의학부를 졸업했을 때 후배에게 물려주었다. 벌써 5년 전 이야기이다.

파란색 병의 하쿠바니시키를 한 손에 들고, 나는 의기양양하게 벚꽃방을 나섰다.

향하는 곳은 1층 복도 안쪽에 있는 '들국화방'이다.

온타케소에는 많은 사람들이 살고 있다.

'많다'고 대단히 에둘러 표현한 것은 나도 실제 인원수를 파악하지 못했기 때문이다.

지금까지 작업복을 입은 아저씨, 양복 차림의 젊은이, 기타를 둘러멘 청년에서부터 교복을 입은 여자아이까지 다양한 사람들과 마주쳤지만, 좀처럼 깊은 친교를 나눌 기회는 주어지지 않았다. 나도 방에 잘 오지 않는 생활을 하고 있으니 정체를 알 수 없다는 점에서는 피차일반일지도 모른다.

역 앞이면서도 집세가 다른 곳보다 파격적으로 싸고, 방크기도 2평에서 6평까지 다양하다. 원래 여관이었던 건물이라 전부 장지문이지만, 각 방문에는 고풍스러운 열쇠가 확실히 달려 있어서 기능상 문제는 없다. 물론 장지문이란 게 주먹 하나로 어떻게든 부술 수 있는 물건이지만, 그런 짓까지 해서 아무것도 없는 방에 침입할 만큼 한가한 사람도 없다.

화장실, 욕실, 부엌은 모두 공용이다. 하지만 여관이었던 만큼 화장실은 많이 있고, 1층 부엌에는 수도꼭지가 가로로 한 줄에 네 개나 달린 거대한 싱크대가 있어서 기능적이다. 내가 주민들과 만나는 장소도 대부분 이 거대한 부엌이다.

한 달에 한 번, 갑자기 생각난 것처럼 관리인 노인이 와서 청소를 하고 가는 것 외에 제대로 된 관리는 이루어지지 않지만, 일주일의 반 이상을 병원에서 지내는 나 같은 사람에게는 이 점도 문제가 되지 않는다. 다른 주민들도 대동소이한 생활을 하고 있을지 모른다.

내가 이처럼 기묘한 건물에 둥지를 튼 것은 5년 전 의학부를 졸업했을 때부터이다.

여기에 이르기까지 온갖 우여곡절과 파란만장한 스토리가 있지만, 길어지므로 아쉽게도 생략한다. 어쨌든 둥지를 튼 지 벌써 5년. 집에 오지 않는 날이 많다고 해도, 이렇게 오래 살다 보면 역시 친한 사람이 생기게 된다.

한 사람은 도라지방의 주민인 화가 '남작'이고, 또 한 사람은 들국화방의 주민인 대학원생 '학사님'이다.

계단을 내려가 1층 복도 안으로 쭉 들어가면 나오는 것이 들국화방인데, 도라지방 바로 맞은편이다. 장지문을 열자 4평 방에는 이미 스카치와 와인 향기가 넘치고 있다.

바로 앞에서 스카치를 기울이고 있는 남색 머리의 남자가 남작이다. 얼핏 40대 혹은 50대로도 보이지만, 어떨 때는 소년 같은 모습을 보이는 연령 미상의 남자이다. 애장품인 고풍스러운 나무 파이프를 항상 입에 물고 천천히 그림을 그린다. 직업은 화가이다.

일단 붓을 들면 유화, 수채화, 수묵화에서 연필화까지 모든 표현법을 캔버스 위에서 멋지게 융합시키는 그림의 귀재이다.

진지하게 붓을 드는 일은 거의 없지만, 그래도 한 달에 한 장 정도는 변덕을 부리듯이 작품을 완성한다. 그것을 가지고 시내 화랑에 가면 금세 10만 엔 단위의 큰돈이 굴러들어온다. 그리고 집에 오면 의기양양하게 우리에게 고급 스카치를 쏘면서 아침까지 성대한 술자리를 갖는다. 당분간은 잔금으로 유유자적한 생활을 하다 돈이 없어질 때쯤 되면 또 변덕을 부려 완성한 그림 한 장을 들고 화랑에

간다. 다시 큰돈이 손에 들어오고 성대한 술자리…….

그런 생활을 꿈꾸는, 팔리지 않는 가난한 화가이다.

"그림은 좀 어때, 남작?"

"이번에야말로 최고의 솜씨야. 아직 이 안에 들어 있지
만 말이야."

남작은 빙긋 웃으며 자기 머리를 가리킨다.

그를 처음 만난 것은 내가 온타케소에 입주한 첫날이었
다. 현관 옆에 이젤을 놓고 오래된 매화나무를 스케치하고
있던 신사는 인사하는 나를 향해 천천히 고개를 숙이면서
말했다.

"어서 오게, 사회의 밑바닥으로."

그러고 나서 파이프로 가볍게 한 모금 들이마시는 그의
유려한 동작을 보고, 내가 바로 '남작'이라는 별명을 붙였
다. 본명은 그때 들었을 텐데 5년 동안 남작으로 통해온지
라 이제 와서 기억날 리 없다. 그래도 전혀 불편하지 않다.

안쪽 등받이 의자에 느긋하게 앉아 와인 잔을 기울이고
있는 사람이 '학사님'이다. 생머리에 은테 안경, 눈가는 서
글서글하고 미소는 부드럽다. 너무나도 군자 같은 청년이
다. 현재 시나노대학 문학부 철학과 대학원 박사과정에 있
으며, 니체를 연구하고 있다고 한다.

동서고금의 모든 서적에 통달하고, 그 박학다식함은 거의 비정상이라고 할 만한 영역에 도달해 있다.

참고로 내가 학사님을 만난 5년 전부터 학사님은 계속 박사과정에 재학 중이다. 만났을 때 이미 상당한 세월을 '박사과정'으로 보낸 것 같았으니 통산 상당한 세월이 경과한 듯하다. 언제까지 다닐 수 있는지는 모르지만, 학사님은 지극히 안정적이고 또 이 온타케소에 그런 하찮은 것을 자세히 물어대는 멋없는 인간은 없다.

대개 학문을 하는 데 필요한 것은 기개이지 학력이 아니다. 이런 당연한 일을 잊은 지 오래된 세상이지만 말이다.

"학사님, 연구는 잘 진행되고 있는지?"

"잘되고 있습니다. 올봄까지 논문을 하나 완성할 생각입니다."

학사님이 말끝에 빙그레 미소 짓는다.

이처럼 박사과정에서 몇 년을 보내는 중이건 간에, 그의 인생에는 조금의 불안도 존재하지 않는다. 전도양양하고 자신감과 희망이 넘치고 있다.

"요 며칠 안 계신 것 같았어요, 닥터. 혼조병원은 여전합니까?"

"여전해. 외래도 병동도 만원사례야. 지방 도시의 과소

화라니 도대체 뉘 집 개가 짖는 소리냐며 크게 번성 중이지. 역 앞이 공동화되고 있다면, 백화점을 유치하기 전에 병원 하나만 지어주면 해결될 거야."

나는 가져온 하쿠바니시키를 개봉하고 탁자에 엎어져 있던 백자로 된 잔을 손에 들었다. 남작이 재빨리 4홉짜리 병을 들어 따라준다.

"공주님은 또 어딘가로 여행을 떠난 것 같던데, 닥터. 어젯밤엔 여행 준비로 꽤 바쁜 것 같았어."

"흠, 또 촬영이 들어온 것 같아. 이번에는 몽블랑이라고 하더군."

"몽블랑? 새로 나온 위스키인가?"

"밤 케이크를 말하는 거야."

"산 이름입니다. 해발 약 4,100미터, 유럽 알프스의 최고 봉이죠."

쓱 끼어드는 학사님.

그 박식함은 이처럼 광대하다. 우리 같은 사람은 발끝에도 미치지 못한다.

"하루나 씨, 어젯밤에는 왠지 좀 쓸쓸해 보이셨어요. 무슨 일 있었어요?"

학사님의 관찰력은 예리하다.

윽, 하고 순간적으로 말문이 막히긴 했지만, 나는 결혼기념일을 바람맞힌 나 자신의 무능함을 솔직하게 털어놓았다.

"그랬구나, 그건 최악인데. 그림으로 그린 듯한 전형적인 바보야. 아니, 그렇게 말하면 그림에게 실례고, 화가로서도 불쾌해."

남작의 말은 가차 없다.

"어쩔 수 없죠. 그런 최악의 부분도 닥터의 일부니까요."

학사님의 감상이 깔끔하게 못을 박는다.

남작이 "어쨌든 마셔"라고 하며 들어 올린 긴조를 감사히 잔에 받았다.

"그러고 보니 닥터. 자네가 이사할지도 모른다는 괘씸한 소문을 들었어. 설마 우리를 이 사회의 쓰레기장에 내버려 둔 채 혼자서만 햇살이 비치는 세상으로 나갈 생각은 아니겠지?"

"착각하면 곤란해. 나는 원래 태양이 찬란하게 내리쬐는 영광의 길을 걷고 있단 말일세. 비록 이 추하고 열악한 환경의 온타케소에 살고 있긴 하지만, 밖에서는 눈부시게 빛나는 신의 축복과 함께하고 있어. 하지만 그 이야기는 진짜라네."

최근 의사 5년차가 되면서 끊임없이 시나노대학 의학부 부속병원에서 권유의 목소리가 들려오고 있다. 혼조병원을 그만두고 대학으로 오지 않겠느냐고 말이다.

"대학병원?"

"그래, 대학병원."

"그게 소위 의국이라는 건가?"

"그렇지, 의국이라는 거야."

의국 제도에 대해서는 설명이 필요할 듯하다. 이는 의사 세계의 독특한 제도이다.

통상 의학부 6년을 졸업한 의대생이 의사가 되는 길은 크게 나눠 두 가지가 있다. 하나는 대학병원 의국에 소속되는 길이고, 또 하나는 의국에 소속되지 않고 일반 병원에 취직하는 길이다. 비율은 대개 4 대 1 정도로, 의사의 80퍼센트는 의국에 소속된다고 봐도 좋다. 몇 년 전부터 시작된 새로운 레지던트 제도 덕분에 처음 2년의 연수 기간에는 일반 병원에 나가는 의사가 늘었지만, 3년째가 되면 결국 대부분 의국에 편입되는 것이 현재 상황이다. 오히려 의국에 소속되지 않고 스스로 취직할 병원을 찾아내 거기서 계속 일하는 것은 20퍼센트에도 못 미치는, 나 같은 무법자들이다.

"의국에 가면 뭐 좋은 일이라도 있어? 그냥 이대로 우리와 함께 사회의 밑바닥을 남김없이 맛보는 생활을 하는 게 좋지 않나?"

남작의 말은 모두 본의가 아니긴 하지만, 여기서는 묵살한다.

"의사의 사정이란 게 있어. 애당초 의국에 들어가지 않는 의사를 어딘가 미심쩍은 눈으로 바라보는 경우도 있고 말이야."

"미심쩍다고? 왜? 나 같은 귀족 계급의 인간이 보기엔 의국인지 뭔지 하는 조직이 훨씬 더 수상해."

이 경우 '귀족 계급'이라는 말에는 일부러 토를 달지 않았다. 거기에 응해주면 남작이 기뻐할 뿐이다.

잠자코 잔을 비웠다. 남작이 잠자코 술을 따랐다.

"대학을 나와 의국에 들어가지 않는다는 사실만으로 이전에 뭔가 문제를 일으킨 건 아닐까, 협조성이 부족한 인간이 아닐까, 이런저런 안 좋은 딱지가 붙게 돼. 여러모로 귀찮아지지."

"하지만 세상은 의국 제도를 없애는 방향으로 움직이고 있다고 들었습니다. 실제로 그런 추세이지 않습니까?"

역시 학사님은 착안점이 다르다. 요점을 찌르고 있다.

"어려운 문제인데, 의국 제도는 사라지지 않아. 대부분의 중소 병원은 의국 덕분에 그럭저럭 운영되고 있는 거야. 독자 노선을 달리고 있는 혼조병원은 예외 중에 예외라고 할 수 있지. 하지만 혼조병원조차 모든 과가 대학 의국에서 독립되어 있는 건 아니라네."

나는 잔을 완전히 비웠다. 즉시 남작의 손이 다음 잔을 따랐다.

어쩐지 흥겨워지기 시작했다.

"각각의 병원이 의사를 고용한다는 건 위험 부담이 매우 커. 고용한 의사가 갑자기 그만두거나 병으로 쓰러지면 병원 일이 단번에 중단되겠지. 그래서 그런 일이 없도록 많은 의사를 비축한 의국이라는 조직이 있는 거고, 이곳에서 각 병원으로 의사가 파견되고 있어. 덕분에 무슨 일이 생겨도 바로 대체할 의사를 조달할 수 있는 거지."

혼조병원에서 실제로 5년 전에 큰 문제가 된 적이 있다.

하나밖에 없는 산부인과 의사가 갑작스러운 병으로 퇴직했던 것이다. 의국 관련 병원이 아닌 혼조병원에는 대체할 수 있는 의사가 파견되지 않는다. 그렇다고 구인광고를 낸들 산부인과 의사가 그렇게 쉽게 구해질 리도 없다. 결과적으로 그날부터 산부인과는 폐쇄되었다. 입원 환자도 있었기 때문에 옮길 병원을 수배하는 등, 두세 달 동안은 엄청난 소동이 일어났다.

"의국 관련 병원이 아니면 항상 그런 위험을 안게 되는 거군요."

"그렇지. 오사카나 도쿄 같은 대도시라면 모를까, 이런 신슈의 시골 마을에서는 의사 숫자가 극단적으로 적어. 의국 제도가 없으면 시골의 작은 병원 정도는 눈 깜짝할 사이에 무너지는 거야."

"그렇다면 의국은 훌륭한 제도잖아?" 남작은 이해가 가지 않는 모습이었다. "그 훌륭한 제도가 어째서 악평투성이인 거지?"

빈 잔에 또 하쿠바니시키를 채운다.

"의국에게 인사권은 대대로 내려오는 집안의 보도(寶刀) 같은 거야. 지방 병원 원장들은 의국에서 의사를 파견하지 않게 될까 봐 무서워서 좌고우면(左顧右眄)해. 따라서 의국의 우두머리 교수에게 머리를 숙이러 와야 하고, 여러 가지 뒷거래가 생길 소지가 크지. 뿐만 아니라……."

또 한 잔을 단숨에 들이켰다. 남작이 술을 따랐다.

"의사 입장에서도 의국의 편의에 따라 산골 병원으로 좌천되거나 하면 곤란하거든."

"닥터도 그게 싫어서 의국에 들어가지 않은 겁니까?"

"나는 사람이 많은 곳을 싫어해. 그래서 이 시골 마을이 좋았어. 그 조건에 들어맞는 곳이 혼조병원밖에 없었던 것뿐이야. 건설적인 동기 같은 건 하나도 없어."

실로 소극적인 속사정을, 일단 자랑스러운 듯이 드러내어 대답했다.

사람에게는 각각 잘하고 못하는 게 있다. 내가 취직자리를 혼조병원으로 골랐을 때는 확실히 별반 많지도 않은 친구의 과반수가 내 미래를 염려했고, 별로 신세를 진 적도 없는 교관의 대부분이 인생을 허비하지 말라고 목소리를 높였다. 당시에는 그만큼 의국에 들어가지 않는다는 게 기괴한 길이었다.

그러나 역시 사람에게는 제각각 역할이라고 하는 게 있을 것이다. 설령 괴짜로 불린다고 해도 나는 이런 식으로 살아갈 수밖에 없었다.

그런 상황 속에서 벌써 5년째.

만성적 의사 부족으로 고민하는 대학 의국이 아무리 젊은 후배라고는 해도 곧 의사 6년차가 되는 나라는 사람을 눈여겨보고 의국으로 들어올 것을 권하게 되었다. 전날에는 의국장이라는 높은 분이 직접 전화를 주셨다.

"구리하라 군도 이제 슬슬 대학병원으로 오는 게 어떤가? 대학에서만 배울 수 있는 게 많이 있다네. 좋은 기회가 아닐까?"

난처했다. 나를 그냥 내버려두면 좋을 텐데 정말이지 귀찮은 관심이다.

학사님이 입을 열었다.

"닥터, 저는 의국 제도의 난점은 잘 모릅니다. 하지만 최근 5년 동안 많은 환자들과 소중한 관계를 쌓아오셨겠지요. 그런 걸 버리고 갈 정도의 가치가 저 하얀 거탑에 있는 겁니까?"

방긋 웃는 얼굴로 또 핵심을 찌른다.

나로서는 들어 올린 잔을 가만히 노려볼 수밖에 없다. 노려봐도 잔이 대답해줄 리 없고, 그저 한숨이 새어나올 뿐이다.

"모르겠네. 의사 중에도 좀 더 수준 높은 의료를 지향하는 사람과 민간으로 돌아가는 사람이 있어. 나는 후자야. 지금처럼 정신없이 바쁜 병원에서 많은 환자를 진료하는 게 의사의 본분이라고 생각하네. 그런 인간에게 고도 의료라는 게 어디까지 필요할지, 내 안에서 결론이 나질 않아."

이것은 진심이다.

'좋은 의사'가 되고 싶다. 하지만 무엇이 '좋은 의사'를 만드는가. 이는 내 머릿속에 깊게 뿌리박혀 있는 지상 최대의 난제이다.

나는 갑자기 정신이 들어 취한 눈을 맹우(盟友)에게 향했다.

"내 이야기만 했는데, 학사님도 언제까지 이 폐가에서 계속 살 순 없을 거야. 학문의 길을 추구한다면 결국은 대학에 자리를 얻어 높이 날아가야 하겠지."

"그럴 예정입니다. 어디까지나 예정이지만."

"남작도 그래. 머릿속에 있는 그 걸작을 형상화하면 금세 억만장자야. 여길 나가서 어딘가에 멋진 아틀리에를 얻게 될 거 아니야?"

"물론이지. 좀 시간이 걸릴 것 같지만 말이야……."

갑자기 침묵이 감돈다.

이런 게 오리무중이라는 것인가. 인생은 뿌연 안개에 휩싸여 암중모색하는 방랑에 불과하다.

너무나도 암담한 기분이 들기 시작했다. 다 마신 잔이 계속 비어 있는 것은 남작이 갑자기 상념에 잠겼기 때문이다. 파이프에서 올라오는 가느다란 연기가 천장에 둥근 원을 그리고 있었다. 이를 올려다보던 학사님이 중얼거렸다.

"이지(理智)에 치우치면 모가 난다. 감정에 말려들면 낙오하게 된다……."

소세키의 『풀베개』 서두이다. 명문이다.

"고집을 부리면 외로워진다. 아무튼 인간 세상은 살기 어렵다."

나는 이어지는 문장을 입 밖에 소리 내어 말하며 쓴웃음을 지었다.

실로 '인간 세상은 살기 어렵다'.

어깨를 움츠린 남작이 탐나불린(싱글 몰트 스카치 위스키 브랜드 – 옮긴이) 12년산 병을 들어 올렸다.

"그럼 살기 어려운 세상을 위해."

나는 백자 잔을, 학사님은 와인 잔을 들었다.

"살기 어려운 세상을 위해."

"건배."

형광등의 흐릿한 불빛 아래 세 종류의 술이 잔물결처럼 흔들렸다.

아침 6시.

거의 혼수상태로 잠들어 있던 나는 스나야마 지로에게 직통 전화를 받고 눈을 떴다. 눈을 뜬 장소는 들국화방이었다.

아무래도 술을 마시다 학사님 방에서 그대로 잠이 들었던 것 같다.

장본인인 학사님은 한쪽 구석에 이불을 깔고 깔끔한 모습으로 잠들어 있다. 남작은 자기 방으로 돌아간 건가 하면서 들국화방을 나오는데 복도 한가운데 시체처럼 잠들어 있는 그가 보였다. 실수로 머리를 밟았지만 미동도 없다. 새삼스럽게 정말 죽은 것은 아닐까 조금 불안해졌다.

벚꽃방에는 들르지 않고 그대로 흔들거리는 몸을 이끌고 병원까지 나왔다.

찾아온 곳은 외과 북쪽 4병동. 내과의인 나는 보통 발걸음을 잘 옮기지 않는 건물이다.

일반적으로 흔히 있는 일이지만, 병원이라는 곳은 규모를 확대하면서 무턱대고 증축을 반복하는 경향이 있다. 혼조병원도 크게 다르지 않다. 100년에 가까운 역사 속에서 증축에 증축을 거듭한 끝에 다양한 구조물이 숲을 이루어, 내부는 미로와 같은 양상을 띠고 있다. 이 어지러운 머리로 잘도 도착했다며 스스로 감탄했다.

"발열은 40도. 새벽 3시까지는 열만 났지만, 3시 반에 간호사가 회진을 도는 시점에서 복통이 나타나 혈압은 90대까지 떨어졌어. 링거를 놓기 시작했지만, 4시에는 의식 레벨이 악화돼서 지금은 불러도 반응이 약해."

아침 6시를 넘긴 시간, 아직 어슴푸레한 복도를 잰걸음으로 걸으면서 스나야마 지로가 빠른 어조로 이야기하고 있다.

나로 말할 것 같으면 밤늦게까지 들국화방에서 엄청나게 술을 마시고 두 시간 정도 잠들었다가 억지로 깬 탓에, 뇌 중추까지 거미집을 튼 것처럼 몽롱하고 끈적한 상태이다. 병동의 쭉 뻗은 복도가 이상하게 구부러져 보이고 천장의 어두운 형광등이 몹시 눈부시게 느껴졌다.

"원래 담석이 있어서 내일 담낭적출술이 예정되어 있던 환자인데……. 이치토, 괜찮아?"

앞서 가던 지로가 뒤를 돌아보았다.

아무래도 내 안색이 상당히 좋지 않은 듯하다. 어찌 보면 당연한 일이다. 이틀 전에는 당직 때문에 철야. 어제라도 푹 잤으면 좋았을 텐데 심야까지 술을 마셔 수면 부족에 박차를 가했다. 3일 동안 도합 세 시간 정도밖에 자지 않은 것이다.

"쓸데없는 걱정 하지 마, 지로. 환자가 우선이야."

나는 쓸데없이 큰 소리로 대답했다. 목소리가 잠겨 있어 꼴이 말이 아니다.

"간 기능은 악화, 황달이 나타나고 염증 반응도 높아지고 있어."

전자 카르테 단말을 열면서 지로가 채혈 결과를 불렀다.

"총 빌리루빈(쓸개즙 색소를 이루는 등황색 또는 붉은 갈색의 물질 - 옮긴이) 4, GOT 280, GPT 225, 감마GTP 522, 백혈구 1,800."

언뜻 봐도 위험한 수치가 줄을 잇고 있다. 이틀 전까지는 전부 정상치를 나타냈던 터였다.

"내장탈출증인가……."

그렇다고 대답한 지로가 이번에는 라이트 박스 전원을 켜고 CT 필름을 보여주었다.

"경과를 보면 담석이 총담관에 떨어져서 내장탈출증, 급성담관염이 의심돼. 그런데 CT를 봐서는 돌이 확실하지 않아."

"아니, 돌이겠지."

85장의 사진 중 한 장에만 총담관 하류에 불과 직경 1밀리미터 정도의 석회화상이 찍혀 있다. 나는 이래 봬도 왕너구리 선생님 밑에서 소화기 질환을 배워온 몸이다. 이것을 놓쳤다가는 격노한 왕너구리에게 맞아 죽을 게 틀림없다.

"단순 CT의 유두 부근 사진이야. 미소결석(微小結石) 내장탈출증이 확실해. 혈소판 저하도 보이는군. 급성담관염 때문에 AOSC가 나타난 걸 거야."

AOSC, 즉 급성 폐색성 화농성 담관염은 간담도계 질환 중에서 몇 시간의 급성경과로 죽음에 이를 가능성이 있는 매우 위독한 병이다. 막힌 결석을 제거해 감염된 담즙을 흘려보내주지 않으면 살아날 수 없다.

"두 시간이나 걸렸어……."

불쑥 중얼거린 나를 향해 지로가 의아한 표정을 지었다.

"혈압이 떨어지고 나서 나한테 연락이 오기까지 두 시간이나 걸렸어. 설마 그럴 리는 없겠지만."

나는 빤히 이 거대한 친구를 올려다보았다.

"당직을 끝낸 나를 배려해서 연락을 늦추고 아침까지 버티려고 했던 거 아냐?"

"아침까지 버티려고 했던 건 사실이야. 하지만 너를 배려해서 그런 건 아니야. 링거 주사로 개선될 여지가 있지 않을까 했던 내 안이한 생각 때문이지."

나는 가만히 친구의 눈을 바라보았다. 이 남자는 때로 묘한 다정함을 발휘했다가 오히려 기대와 어긋날 때가 있다. 적어도 소화기내과를 전문으로 하는 사람에게 쓸데없는 배려 덕분에 담관염 환자를 죽게 만드는 것은 치욕 이외의 그 무엇도 아니다.

지로의 눈은 움직이지 않았다. AOSC가 되기 전의 초기 담관염이라면 항생제로 안정되는 경우가 있는 것도 사실이다. 외과의로서 그의 판단이 틀린 것은 아니다. 하지만 이번에는 다소 운이 나빴다.

"긴급내시경 적응인가?"

내 말에 지로도 크게 고개를 끄덕였다. 시계를 보니 7시 20분.

"ERCP(내시경적 역행성 췌담관 조영술) 준비에 한 시간. 8시 20분 시작으로 잡아줘. 그동안 혈압 관리를 부탁해."

"이미 시작했어. 만약을 위해 PTCD(경피경간 담관 배액술) 준비도 돼 있네. 하지만 이치토, 오늘은 일요일이야."

지로의 말을 듣고 무심코 나는 달력을 돌아보았다.

이런 생활을 하면 요일 감각이 완전히 사라져버린다. 확실히 오늘은 일요일이다. 즉 의사와 간호사의 수가 극단적으로 적다는 이야기이다.

"지금은 부재중입니다. 용건이 있으신 분은……."

부재중 전화로 바뀐 것을 확인한 뒤 나는 상황을 설명하고 전화를 끊었다.

창문으로 이른 아침 하늘을 올려다보니 구름 한 점 없이 쾌청하다. 이런 쾌청한 날에 왕너구리 선생님이 골프를 치러 가지 않을 리 없다. 전화도 받지 않는 것을 보니 지금쯤은 이미 코스에 들어가 있을지도 모른다.

나는 병원 내 PHS(간이형 휴대전화 시스템 - 옮긴이)를 손에 들고 남쪽 3병동에 전화를 걸었다. 호출음이 정확히 두 번 울린 후에 익숙한 목소리가 들려왔다.

"네, 남쪽 3병동 도자이입니다."

"구리하란데……."

"……무슨 일이에요?"

갑자기 톤이 낮아진다. 내 전화를 상당히 불길하다고 생각하는 듯하다. 불행한 전화인 것은 사실이다.

"미안하지만 귀찮은 부탁을 할까 해."

우선 간략하게나마 사정을 설명했다.

"그러니까 ERCP 때문에 도와줄 간호사를 한 명 빌려줬으면 좋겠다는 거죠?"

"바로 그거야. 외과는 지금 이것 말고도 긴급수술이 잡혀 있어서 병동 간호사를 보낼 여유가 없대. 통상 응급실에 의뢰하는 게 맞지만, 그쪽도 이제부터 구급차 두 대가 들어오는지라 바로는 도와줄 수가 없다는군. 하지만 긴급 ERCP를 하게 되면 내시경실 스태프만으로는 일손이 부족해."

휴일 병동 업무는 한 병동당 세 명의 간호사로 움직이고 있다. 거기서 도와줄 한 명을 보내게 되면 당연히 다른 간호사에게 일의 부담이 증대되고, 나아가 관리상의 위험으로 이어진다.

"……알죠?"

"알아. 하지만 내일까지 기다릴 순 없어. 따로 부탁할 만한 병동도 없고."

"비싼 프리미엄이 붙어요."

"맛있는 고기 쏠게."

"그리고 프랑스 요리랑 오코노미야키(한국의 빈대떡과 비슷한 일본의 부침 요리 - 옮긴이)도요."

"한 번에 그렇게 많이 먹어?"

"한 번에 먹을 리 없잖아요! 나눠서 쏘세요."

"알아. 농담이야. 정말 고마워."

전화를 끊고 일어섰다.

지로의 행동이 불온하다.

긴급내시경이 무사히 끝난 지 30분이 지나려고 하는데, 내시경실을 어슬렁거리며 병동으로 올라갈 생각을 아예 하지 않는다. 괜히 들것에 옮긴 환자 곁을 왔다 갔다 하고 있다.

무리도 아니다.

눈앞에서 미즈나시 요코 씨가 바지런히 일하고 있는 것이다. 내시경을 정리하고, 카르테를 적고, 처치 침대를 정리하는 등, 1년차치고 상당히 능숙하게 일을 처리한다.

지로는 눈으로 그 모습을 좇거나, 갑자기 튀어나와 돕다가 방해만 되거나, 혼자서 웃기도 하고 고민도 하고 있다. 잠깐은 재미있는 구경거리였지만 갈수록 눈에 거슬리기 시작했다.

"일부러 미즈나시 씨를 파견한 거야?"

내 목소리에 수화기 저편에서 도자이가 불쾌해하는 목소리로 대답했다.

"뭐예요, 도와줄 수 있는 간호사가 필요하다고 한 건 그쪽이잖아요. 내가 병동을 떠날 수는 없으니 그녀를 보낸 거예요. 뭐 불편한 거라도 있었어요?"

"아니, 불편은커녕 정말 유능한 인재야."

"그럼, 빨리 병동으로 돌려보내세요. 이쪽도 바쁘니까."

전화가 찰칵 하고 끊겼다.

이번 건은 확실히 고기 한 번 정도로는 용서해주지 않을 것 같다.

이윽고 미즈나시 씨가 환자 이송 침대를 밀고 내시경실을 나갔다. 지로가 따라간 것은 두말할 것도 없다.

시각은 아침 9시.

일요일은 서둘러 정리해야 할 일이 없다. 다행히 입원 환자도 안정된 것 같으니 한숨 자고 나서 회진을 돌면 될 것이다.

그렇게 생각한 순간, 갑자기 눈앞에 사람의 모습이 나타났다.

"어이, 구리 쨩. ERCP는 무사히 끝났나?"

히죽 웃는 그 사람은 바로 왕너구리 선생님이었다.

"담관염 ENBD(내시경적 비담도 배액술) 유치인가? 유두 절개는?"

ERCP 사진과 데이터를 왕너구리 선생님이 체크하고 있다. 입가는 웃고 있지만 눈은 웃지 않는다. 내시경에 관한 이야기를 할 때 선생님은 무섭다. 긴장을 늦추면 주먹이나

발, 아니면 컴퓨터가 날아온다. 골프를 치러 갔을 대선배님이 왜 여기에 있는지 물어볼 여유 같은 것은 없다.

"절개는 하지 않았습니다."

"왜지? 절개 없이 스텐트(혈관이나 식도 등의 폐색을 막기 위해 주입하는 기구 - 옮긴이)를 삽입하면 췌장염 리스크가 상당히 높아져."

"환자는 82세의 고령으로, CT상 췌장은 위축 경향이 있습니다. AOSC를 회피하기 위해 며칠 동안만 스텐트를 시술한다면 췌장염 리스크는 낮을 것으로 판단했습니다."

"오호……."

"또 환자는 DIC(파종 혈관 내 응고)에 의한 응고 능력 저하와 혈소판 감소를 보이고 있어 절개에 의한 출혈 리스크 쪽이 위험하다고 생각했습니다."

"그렇군. 그래서 돌은 있었나? 조영 사진이 따로 없는데……."

엑스레이 사진을 순서대로 바라보면서 왕너구리 선생님이 말했다.

"미소결석을 의심하는 음영은 확인했지만 확정은 불가능했습니다. 감염을 의심하고 있는 이상, 조영은 최소한으로 억제했기 때문입니다. 패혈증에서 회복했을 시점에 재

검사할 예정입니다."

가까스로 왕너구리 선생님의 눈에 미소가 떠올랐다.

"괜찮겠군. 합격이네."

어깨에서 힘이 빠졌다. 겨우 한숨 돌릴 수 있었다.

"대단한데, 구리 짱? 좋은 판단에 좋은 솜씨야. 평소에 괴짜 취급을 받긴 해도 할 때는 하는군."

"선생님까지 그 아무 근거도 없는 유언비어에 휘둘리지 말아주세요. 그보다 오늘은 골프 치러 안 가셨습니까?"

"바보, 이렇게 재미있는 일을 하고 있다는데 한가하게 퍼터나 휘두르고 있을 수 있겠어?"

"재미있는 일요?"

"죽어가는 인간을 어떻게든 살리는 일 말이야. 그린 옆 벙커에서 직접 홀인원을 노릴 때보다 더 두근거리지. 제일 재미있을 때 아닌가?"

'부적당함'과 '불경함'이 아슬아슬한 균형을 이루며 혼합된 무시무시한 웃음이다. 이런 웃음은 웬만한 아수라장을 봐온 의사가 아니면 모양이 나지 않는다. 이 사람은 환자를 구할 수 있다는 것이 너무나도 재미있는 것이다.

타고난 의사란 이런 사람을 가리키는 것이리라.

"그보다 구리 짱, 오늘은 이제 됐어. 집에 가서 쉬게."

"하지만 지금 환자 수술 후 관리도 있고, 회진도…….."

"그 핏기 없는 안색으로 회진하면 오히려 환자 상태가 나빠져. 병동 환자 40명 정도는 가끔 내가 정리해도 돼. 수술 후 관리 쪽은 내가 스나야마에게 부탁해두겠네. 어떻게 된 건지 젊은 간호사에게 미쳐서 제정신이 아닌 것 같지만, 외과의로서 솜씨는 나쁘지 않은 남자야. 걱정할 것 없네. 자네는 빨리 집에 가서 잠이나 자게나."

말씀 하나하나가 합당하기 그지없다. 이럴 때는 억지로 무리하지 말고 그 말을 고맙게 받아들이는 게 좋다. 애당초 머릿속에서는 3일치 피로와 어제 마신 술의 잔재가 손을 마주 잡고 불쾌한 춤을 추고 있다.

요컨대 상태가 좋지 않다.

고개를 숙이고 등을 돌렸을 때 왕너구리 선생님이 가볍게 불러 세웠다.

"아참, 그렇지. 도자이가 고기를 쏘라고 하던데. 낮잠 한숨 자고 오늘 밤에라도 데리고 가주게. 병동이 원활하게 돌아가도록 하기 위한 업무의 일환이야. 이건 상사의 명령이기도 하네."

적당히 하는 것처럼 보여도 세세한 것까지 파악하고 있는 점이 바로 이 사람이 왕너구리인 이유이다.

'히로키'라는 이름의 명주가 있다.

요즘 유행하는 담백하고 깔끔한 맛의 약한 술이 아니다. 후쿠시마현 아이즈 지역의 토속주로, 풍부한 달콤함과 그 윽한 향기, 깊이 있는 뒷맛이 절묘한 균형을 이루는 천하 명주이다. 출하량이 많지 않아 쉽게 구할 수 있는 술은 아 니지만, 이 나와테 거리에서 조금 들어간 골목에 있는 선 술집 '규베에'에서는 그 술을 마실 수 있다.

카운터 한쪽 구석에 자리를 잡고 앉아 나는 천천히 그 명주를 음미했다.

역시 일품이다.

"맛있군."

이렇게 중얼거리자 근육질의 마스터가 카운터 너머에서 싱긋 웃었다. 그게 다이지만, 이 또한 기분이 좋다.

옆에 앉은 시커먼 거한은 '고슌' 긴조를 털어 넣고 있다. 이케다 지역의 명주가 이런 야비하고 멋없는 거한의 위장 에 들어가나 싶어서 다소 불쾌하긴 하지만, 거기까지 내가 참견할 필요는 없다.

가게의 시계는 이미 밤 11시를 가리키고 있다.

오늘 아침 일단 귀가한 나는 오후 4시까지 글자 그대로 죽은 듯이 잤다. 그리고 잠에서 깼을 때쯤에는 평소의 순

진무구한 훈남 일꾼으로 부활해 있었다.

그리고 상사의 고마운 명령에 따라 도자이에게 전화해 고기 이야기를 전했더니, 시간은 있는데 미즈나시 씨도 데려가고 싶다고 한다. 두 사람 몫의 고기를 쏘라는 건가 싶어 잠시 주저했지만, 곧 명안이 떠올라 쾌히 승낙했다. 전화를 끊자마자 바로 지로에게 연락했다.

"지로, 고기 먹으러 가자."

"내가 왜 너랑 고기를 먹냐?"

"싫어?"

"싫고 좋고의 문제가 아니야. 아직 병동 일이 끝나지 않았어. 꽤 바쁘다고."

"미즈나시 씨도 올 거래."

"마침 일이 끝났네. 몇 시에 어디로 가면 돼?"

참으로 쉬운 남자이다.

고기 값이 반으로 줄어들 뿐만 아니라, 지금 은혜를 베풀어두면 세 사람 몫의 고기 값을 전부 내줄지도 모른다. 스스로의 총명한 두뇌에 흐뭇해졌다.

이렇게 생각했던 내가 바보였다.

여자 둘이 기특하게 고기 2인분으로 만족하리라 생각했던 게 애초에 잘못이었다.

'세상에는 두 종류의 여자가 있다. 먹는 여자와 먹지 않는 여자이다.'

이 명언을 남긴 사람은 누구였을까.

결국 나는 이날 고급 고깃집에서 도자이와 미즈나시 씨 두 사람이 전자에 해당한다는 사실을 뼈저리게 깨닫게 되었다.

여자들은 질 좋은 고기를 놀랄 만큼 많이 먹었다. 갈비, 로스, 소혀 소금구이, 육회, 간, 이 모든 것을 마치 블랙홀처럼 연이어 입속으로 빨아들였다. 도자이가 원래 대식가라는 것은 알고 있었지만, 저 작은 체구의 미즈나시 씨까지 방긋방긋 웃으면서 구운 고기를 얼굴색 하나 변하지 않고 담담하게 입으로 가져가는 모습은 마치 공포 영화와도 같았다. 만일 고기 값에 멈칫해서 주문을 중단하기라도 하면 다음에는 내가 먹히는 게 아닐까 바짝 움츠러든 나머지, 점원을 재촉해 잇따라 고기를 가져오게 하는 상황이 되었다.

계산은 지로와 나누어 했는데도 3인분이었다.

그 후 미니 블랙홀 두 사람을 무사히 택시에 던져 넣고, 우리는 거기서 도보 1분 거리에 있는 이 선술집 규베에로 2차를 온 것이다.

"난 도저히 모르겠어."

문득 지로가 중얼거렸다. 그는 살짝 취기를 띤 붉은 눈으로 가만히 고슌의 라벨을 응시하고 있었다.

"뭐가?"

"어째서 뭐가야?"

지로가 이번에는 나를 빤히 바라보았다. 시커먼 거한이 날 똑바로 응시한다니, 더할 나위 없이 으스스하다.

"……그러니까 뭐가?"

"어째서 미즈나시 씨는 그렇게 귀여운 걸까?"

평소에는 건강했던 노인이 입원을 계기로 갑자기 불온한 상태가 되어 의미를 알 수 없는 말을 외치기 시작할 때가 있다. '불온섬망(不穩譫妄)'이라고 해서 고령자에게는 흔한 변화로, 퇴원하면 좋아지는 경우가 많다.

"그런데 이렇게 젊은 나이에, 게다가 계기도 없이 섬망이 발생하는 예는 드물어……."

"누가 섬망이래?"

"아, 미안. 들렸어?"

취기가 돌기 시작하자 속으로 한 생각이 무의식중에 그대로 입밖에 나오게 된다. 조심해야 한다.

"미즈나시 씨 귀엽지? 엄청 귀엽지?"

"귀엽다는 건 주관적인 가치관의 문제야. 강요해봤자 소용없어."

"뭐야, 그럼 귀엽지 않다는 거야?"

"아주 귀엽지."

"앗, 말했군. 드디어 말했어. 하루나 짱에게 고자질해주지. 다른 여자를 보고 귀엽다고 했다고 말이야."

"하루는 세상에서 제일 귀여워. 웃는 얼굴의 미즈나시 씨를 100명 모아놔도 낮잠을 자는 하루가 100배는 더 귀엽다네."

"뭐? 말이 너무 심하잖아!"

"어쩌라는 거야, 너는!"

다행히도 이 시간의 규베에는 손님이 우리밖에 없다.

카운터 구석에서 공연히 떠들어대고 있는 시커먼 도깨비와 훈남 청년을 신경 쓰는 손님은 없다. 우리 말고 손님이 있다면 가차 없이 이 바보의 머리를 병으로 쳐서 쓰러뜨리고 밖으로 내던질 판이다. 약간 상처를 입는다고 해도 외과의라면 알아서 꿰맬 수 있을 것이다.

마스터에게 몰래 눈짓을 했더니 쓴웃음을 지으면서도 맥주잔에 물을 담아 가지고 왔다. 받아 든 물을 벌컥벌컥 마시는 모습은 그야말로 괴물이 따로 없다. 만에 하나, 운명의 신이 잘못된 판단을 내려 저 착한 아가씨와 이 괴물이 나란히 걷게 된다면 열에 아홉은 경찰을 부를 것이다. 나머지 하나는 도망갈 것이 틀림없다.

"맞다, 이치토. 너 대학에서 호출이 왔다면서?"

100년의 취기도 깨게 할 불쾌한 화제가 나왔다.

"뭐야, 갑자기."

"대학 선배에게 들었어. 혼조병원의 구리하라라는 의사가 내년에 소화기내과로 들어올지도 모른다던데?"

그러고 보니 지로는 시나노대학 외과 의국의 의국원이다. 하지만 내과의 일까지 알고 있다는 것은 이해할 수 없다. 내 머리에서 의문을 읽어낸 것처럼 지로가 대답했다.

"대학이 그런 데야. 내년에 누가 오는지, 누가 그만두는지, 그런 소문이 상세하게 퍼지지."

"아무래도 상관없는 일 아니야?"

"아무래도 상관없는 일을 소문내는 게 대학병원이라는 곳이야."

"점점 가기 싫어지는군. 애당초 나는 무리지어 다니는 데 서툰 인간이야. 그런 데 갈 거라면 혼조병원에서 파견치가 돼서 일하는 게 차라리 편해."

"하긴 너는 학생 때부터 그랬지……."

지로는 갑자기 먼 곳을 응시한다.

"항상 혼자 어정어정 돌아다니면서 술자리에도 안 나와, 축제도 안 도와줘. 소세키의 『불량배』인가 뭔가 하는 고풍스러운 책을 한 손에 들고……."

"설마, 너 지금 『풀베개』 말하는 거야?"

"그래, 그거야. 그 『풀베개』를 한 손에 들고 항상 혼자 여행이니 뭐니…… 처음 만났을 때부터 이상한 놈처럼 보이긴 했지만, 설마 의국에도 안 들어오고 이런 곳에서 의사를 계속하고 있을 줄은 생각도 못 했어."

무슨 말을 하고 싶은 것인지 통 모르겠다. 애당초 『풀베개』를 어떻게 쥐어짜면 『불량배』가 되는 것일까. 이 바보 같은 놈. 마음속으로 독설을 퍼부으면서도 더 이상 생각이 정리되지 않는 것은 나도 취했기 때문이다.

"하지만 말이야!" 지로는 갑자기 강하게 소리쳤다. "너는 한번 대학병원에 가야 돼!"

그리고 갑자기 내 코앞에 얼굴을 갖다 대고 정면으로 응시했다.

나도 모르게 토할 듯한 기분이 든 것은 이 남자의 얼굴 탓일까, 술을 너무 많이 마신 탓일까. 이것 역시 판단이 어렵다.

"너는 우수한 의사야. 겨우 5년 동안 산더미 같은 경험을 쌓았어. 솜씨도 좋고 환자들에게 인기도 많아. 무엇보다도 몸이 가벼워. 무슨 일이 있을 때 언제라도 달려온다는 건 말처럼 쉬운 일이 아니거든. 오늘 ERCP도 놀랐어. 5년차에 측시경을 그렇게 자유자재로 쓸 수 있다는 건 예삿일이 아니야."

"아무리 칭찬해도 여기 술값은 나눠 내는 거야."

"확실히 넌 학창 시절부터 괴짜로 명성을 날리던 남자였어. 강의건 술자리건 간에 『불량배』 한 권을 손에 들고 홀연히 나타났다 홀연히 사라졌지. 학생들 중에서 최고의 기인이었어. 지금도 이상하긴 이상해. 하지만 솜씨는 일급이야."

"지로, 계산은 전부 네가 해야겠다."

"하지만 그것만으론 부족해. 대학에서만 배울 수 있는 고도 의료라는 게 있어. 너라면 그것까지 배워서 더 높은 곳을 향해 갈 수 있어. 많은 의사를 만나서 기술을 연마하고 지식을 쌓는 거야. 너라면 할 수 있어."

"흥미 없어."

"그건 거짓말이야."

가슴이 철렁했다.

"흥미 없을 리 없지. 넌 눈앞의 환자들을 두고 가는 게 싫을 뿐이야."

지로는 취하면 가끔 무서우리만큼 핵심을 찌르는 말을 한다. 당연히 말한 사람은 내일이 되면 잊어버린다. 게다가 말짱한 정신으로 돌아오면 예상을 빗나간 말만 한다.

"하지만 좀 더 멀리 봐, 이치토. 그렇게 감상에 휩쓸려서 소중한 인생을 허비할 거야? 좀 더 높은 곳을 보라고."

"민간병원 일반 내과의는 대학병원 전문의보다 지위가 낮다는 거야?"

"그렇게 비꼬아 말하지 마. 하지만 어느 면에서는 진리이기도 하지."

도저히 '그럼 내과의로 충분해'라고 할 수는 없다. 이 남자가 내 처지를 걱정해서 하는 말인 것을 잘 알기 때문이다.

열변을 토한 지로의 눈에 어느새 희미하게 눈물이 맺혀 있다. 거한의 우는 얼굴을 이렇게 가까이서 보게 되니 구역질이 심해질 뿐이다.

"나는 홋카이도에서 이 나가노로 왔어. 여긴 좋은 마을이야. 이 마을에서 쭉 의사 일을 하고 싶어. 하지만 동기들은 모두 도시로 가버렸지. 그때 있던 100명 중에 지금 몇 명이나 이 마을에 남아 있을 것 같아? 슬프지 않니? 슬플 때일수록 너는 내과에서 나는 외과에서…… 둘이 손을 꼭 잡고 완벽한 의료를 실시하고 싶지 않아? ……너와 나라면…….”

혀가 잘 돌아가지 않는 지로는 갑자기 카운터에 푹 엎드리더니 기분 좋아 보이는 숨소리를 내며 자기 시작했다. 정말 제멋대로인 놈이다.

나는 입가를 누르며 천천히 오른손을 올렸다.

“마스터, 화장실 좀 빌려줘요.”

구역질의 원인은 과음이었던 듯하다.

300호실의 췌장암 환자 다가와 씨가 세상을 떠난 것은 그로부터 일주일 후의 일이었다.

동통(疼痛), 구역질과 구토, 불면증이 하루하루 악화되면서 급속히 체력이 저하된 결과였다. 나도 마지막 3일 동안은 병원에 묵으면서 약제 조정에 들어갔다. 모르핀의 증량, 구역질을 멈추는 좌약, 산도스타틴(Sandostatin) 병용, 위험을 알면서 최면제도 사용했다. 그러나 동통의 조절은 쉽지 않아 죽기 열 시간 전까지 복통으로 신음했다.

그래도 가끔 고통이 싹 사라지는 순간이 있는 듯, 그럴 때는 서늘한 눈동자로 나를 보며 말했다.

"선생님도 고생이 많으시네. 이런 노인네의 추한 모습을 함께해야 한다니 말이오."

미소 짓는 노인의 얼굴은 '상쾌하다'는 형용사가 어울릴 만큼 밝고 온화했다.

거기에는 의사도, 피로도, 최첨단 약의 효과도 모조리 비웃는 듯한 당당한 '생명의 형태'만이 있었다.

미즈나시 씨는 자주 병실을 찾아와 얼음 베개를 교환하고, 몸을 닦고, 혈압을 재고, 약을 확인했다…… 단 일주일 만에 눈에 보일 정도로 야위고 말았다.

다가와 씨는 미즈나시 씨가 오면 안심이 되는지 잠시 부드러운 눈으로 그녀가 움직이는 모습을 지켜보다가 결국 꾸벅꾸벅 잠드는 일을 반복했다.

"통증은 도저히 어떻게 안 되나요?"

미즈나시 씨가 나에게 따가운 시선을 던진 것은 다가와 씨가 죽기 이틀 전의 일이다.

하루의 대부분을 둔중한 통증에 신음하며 보내는 다가와 씨를 보다 못해 나에게 말을 걸었던 것이다. 뭐라고 대답했는지 확실한 기억은 나지 않는다. 그저 의사로서 그렇고 그런 시시한 핑계를 댔을 것이다. 피곤했던 나는 그녀의 마음속 갈등을 헤아려줄 만큼의 여유가 없었다. 그녀는 냉랭한 시선으로 나를 흘깃 보더니 등을 돌렸다. 무례하게 도 고기에 대한 감사 인사 같은 것은 한마디도 하지 않았다.

임종이 가까운 환자가 주의해야 할 모르핀의 부작용은 호흡 억제이다. 모르핀의 증량에 동반해 호흡이 약해지는 것이다. 모르핀을 처방하는 사람은 고통을 멈추면서도 호흡을 억제하지 않는 미묘한 양을 찾아야 한다. 하지만 다가와 씨의 경우에는 모르핀의 증량과 함께 수면 무호흡이 빈번히 나타났는데도 고통이 사라지지 않았다.

세상을 떠난 것은 9월이 끝나가는 일요일 심야였다.

마지막 열 시간은 조용히 잠든 사이 어느새 호흡이 멈추는 평화로운 시간이었다. 내가 2주 동안 필사적으로 약의 조절을 시도했던 게 거짓말인가 싶을 정도로 고요한 얼굴을 하고 있었다.

때때로 보여주었던 서늘하게 웃는 얼굴이 지금도 선명하게 뇌리에 남아 있다.

많은 가족이 달려와 가까스로 싸움을 끝낸 노인의 모습에 모두 눈물을 흘리는 가운데, 손자인 듯한 한 소년이 가만히 나를 응시했다. 의연한 눈동자로 뚫어져라 나를 쳐다보았다.

"당신은 아무것도 해주지 않았잖아."

소년의 목소리가 들린 듯한 기분이 든 것은 내가 피곤했기 때문이리라. 정말 터무니없는 소리라는 것은 알고 있다. 하지만 논리로는 설명이 안 되는 비애, 어디로 쏟아내야 할지 알 수 없는 분노라는 것이 확실히 존재한다.

사람이 죽는다는 것은 그런 것이다.

그 녀석은 때때로 잊어버렸을 때쯤 내 곁으로 다가와 내 자신감에 도끼를 휘둘러 발밑을 흔들고, 감상이라는 이름의 전혀 건설적이지 않은 생각으로 나를 끌고 들어간다.

나는 다시금 실감한다.

'슬퍼하는 건 질색이야.'

병원에서 나오니 뼛속까지 스며드는 듯한 찬바람이 겨울이 찾아왔다는 것을 실감나게 했다.

언제나 그렇듯이 후카시 신사 경내를 걸으면서 가슴속에 떠오르는 것은 나를 똑바로 응시하던 소년의 시선이었다. 그리고 거기에 미즈나시 씨의 책망하는 듯한 눈길이 오버랩되었다.

미즈나시 씨는 그 후 도자이에게 한 번 혼이 난 듯, 나에게 직접 뭔가 말하는 일은 없었다. 도자이였다면 그런 무리한 이야기는 하지 않았을 것이고, 무엇보다 내가 할 수 있는 일은 전부 했다. 부끄러워할 필요도 없고 나 자신을 책망할 필요도 없다.

하지만…….

미즈나시 씨나 소년에게는 그것이 거짓 없는 감정일 것이다. 도와줘야 할 의사가 아무것도 해주지 않는다. 다 아는 것 같은 얼굴로 돌아다니는 주제에 고통 하나 제대로 해결해주지 않는다…….

무위, 무책, 무능, 무력, 무용…….

내 머릿속에서 형체가 없는 답답한 생각이 소리를 내며 소용돌이쳤다. 소용돌이의 중심에는 '무(無)'라는 문자가 여봐란 듯이 크게 강조되면서 빙글빙글 돌고 있었다.

왠지 오늘 밤에는 자기혐오가 다소 지나친 듯하다.

과로와 스트레스에 아내의 부재, 대학 의국 문제 등이 더해지면서 평소 이상으로 지친 것이리라.

나는 어둑어둑한 경내에서 병원을 돌아보았다. 평소처럼 시커먼 다이다라봇치가 일어나려는 것 같은 모습을 한 채 웅크리고 있다.

어쩌면 저것은 일어나려고 하는 게 아니라 지금 막 무릎을 끓은 게 아닐까 하는 쓸데없는 생각이 뇌리를 스쳤다.

온타케소의 어두컴컴한 계단을 올라 벚꽃방 장지문을 열자마자 갑자기 검은 머리의 소녀가 튀어나왔다.

깜짝 놀라 붙드는 나를 아랑곳하지 않고, 그녀는 지저분해진 내 와이셔츠에 얼굴을 묻고 나를 꼭 껴안았다. 그리고 딱 달라붙은 채 얼굴만 들고 활기찬 목소리로 말했다.

"어서 와요!"

그녀는 어리둥절한 내가 이상하다는 듯이 웃으며 거듭해서 말했다.

"그리고 잘 다녀왔습니다, 이치 씨."

하루나였다.

아내는 언뜻 보면 가냘픈 보통 여성이지만, 그 실체는 수많은 카메라를 안고 세계를 뛰어다니며 놀랄 만한 사진을 촬영해 오는 산악 사진가이다.

몸집이 작은 데다가 동안이기 때문에 도저히 그럴 위인으로는 보이지 않는다. 지금도 항상 입는 심플한 검정 원피스 차림인 소녀 같은 모습이다. 적어도 유럽 알프스에서 가장 높은 산인가 뭔가에 올라갔다 왔다고는 좀처럼 믿어지지 않는다. 하물며 이 몸으로 터무니없이 많은 카메라와 필름을 짊어지고 산을 오르는 것이다.

사람은 겉보기만으로는 알 수 없다는 말의 전형적인 예라고 해도 좋다.

"일하느라 수고했어요."

아내가 활기찬 목소리와 함께 생긋 미소 지었다.

어쩐지 어두침침한 방의 형광등이 갑자기 밝아지고, 완전히 차가워진 복도 공기가 섭씨 2도 정도 따뜻해진 것 같은 기분이 들었다. 인간의 오감이 얼마나 덧없는 것인지 증명하는 듯하다.

방 안의 좌탁에는 따뜻한 김이 피어오르는 커피 잔이 두 개 놓여 있었다. 겨우 일주일 동안 어질러질 대로 어질러졌던 방이 지금은 질서정연하게 정리되어 '극락의 방'으로 부활해 있었다.

나는 문득 끓어오르는 안도감은 전혀 내색하지 않고, 애써 당당한 위엄을 유지하며 물었다.

"여행은 어땠어? 무스인지 타르트인지 하는……."

"몽블랑 얘기하는 거예요?"

"맞아, 그거야."

아내는 즐거운 듯이 웃었다. 그렇게 한바탕 웃은 뒤에 평소처럼 나에게는 꿈처럼 신기한 이야기를 연이어 해주었다.

해발 4,000미터가 넘는 산 이야기, 운해에 떠오르는 태양, 상상을 초월하는 대운계(大雲溪)와 10킬로그램이나 되는 기자재를 등에 업고 낭떠러지를 넘는 이야기…….

생기 넘치는 명랑한 목소리가 가슴에 상쾌하게 울려 퍼졌다.

나는 좌식 의자에 앉아 눈을 감고 그 목소리에 귀를 기울였다. 더없이 행복한 순간이다.

문득 아내의 목소리가 끊겼다.

"……누군가 돌아가셨나요?"

나는 놀라서 눈을 떴다.

바로 눈앞에 나를 들여다보는 아내의 검은 눈동자가 있었다.

"말 안 해도 알아요. 환자분이 돌아가셨군요."

"……하루는 독심술도 할 줄 아는군."

나는 망연한 표정을 지어보았지만 좀체 잘되지 않는다.

"슬픈 일이네요."

"……슬픈 건 사실이야. 하지만 걱정하지 마. 이게 일이야. 하루가 산에 오르는 것과 마찬가지겠지. 즐거울 때가 있으면 힘들 때도 있어."

정말 진부한 말밖에 나오지 않는다. 지쳤다는 증거이다.

"하지만 하루의 목소리를 듣고 나니 힘이 나네. 걱정할 거 없어."

한층 더 진부한 말이다. 이럴 거면 쓸데없는 말은 모조리 생략하고 『풀베개』를 처음부터 암송하는 게 훨씬 시적이고 아름답다.

하지만 솔직한 아내는 살짝 놀란 얼굴을 한 뒤 얼굴을 붉히며 미소 지었다. 그리고 조금 생각에 잠기듯이 고개를 갸웃거리다 갑자기 벌떡 일어났다.

"갑작스럽긴 한데, 후카시 신사에 가요!"

실로 갑작스러운 제안이다. 지금은 새벽 2시이다.

"지금? 늦었어. 춥기도 하고."

"지금 가야 해요. 아직 미치자네 공에게 다녀왔다는 인사를 못 했거든요."

이미 아내는 원피스 위에 자주색 카디건을 걸치기 시작했다.

"사람은 항상 인사를 제대로 해야 한다고, 이치 씨가 늘 말했잖아요."

"그야 그렇지만……."

"가는 김에 이치 씨가 떠맡은 무거운 짐도 조금 줄여달라고 부탁드릴 생각이에요."

아내는 결단이 빠르다. 우물쭈물 의자에 앉아 있는 나를 반듯한 눈썹을 찌푸리며 한 번 획 째려보더니 "어서 가요" 라고 재촉한다.

밖에 나가보니 과연 바람이 차다.

선처럼 가느다란 초승달이 겨우 빛나고 있을 뿐, 이내 어두운 밤으로 사라질 것만 같다. 가로등이 많지 않은 골목길은 완전히 깜깜해서 길과 도랑을 구별하기도 쉽지 않다.

"하루! 꽤 어두운데, 괜찮아?"

경쾌한 발걸음으로 앞서 가던 아내는 빙그르르 돌더니 바로 머리 위 하늘을 가리켰다.

"저게 있으니 괜찮아요."

아내가 가리키는 대로 하늘을 올려다보고 나도 모르게 숨을 죽였다.

하늘 가득 별이 빛나고 있었다.

어느 것이 북두칠성이고 어느 것이 카시오페아 자리인 지도 모를 정도로, 밝게 빛나는 무수한 별들이 총총히 박혀 있다. 바람도 구름도 없는 가을 밤하늘에, 별들은 미동도 없이 서로 경쟁하는 것처럼 찬연하고 선명한 빛을 내뿜

으며 어두운 밤의 구석구석을 별빛으로 메우려는 듯했다.

이 작은 마을에는 밤하늘의 별을 지워버리는 네온사인이나 간판이 많지 않다. 덕분에 심야에는 도시에서는 절대 볼 수 없는, 별이 총총한 멋진 밤하늘을 시내에서도 볼 수 있다. 학생 시절에는 종종 별을 올려다보며 술자리를 하곤 했는데, 최근 몇 년은 바쁜 일에 매달리느라 완전히 잊어버리고 있었다.

눈이 익숙해지자 밝게 빛나는 별들 사이에 또 다른 작은 별이 차례차례 보이기 시작하고, 올려다보고 있는 동안 빛의 소용돌이에 빨려 들어갈 것 같았다. 나는 발길을 멈춘 채 숨을 쉬는 것도 잊고 그 압도적인 빛의 연무(演舞)에 눈을 깜박였다.

"몽블랑 정상에서는 더 엄청난 숫자의 별이 보여요. 마치 나까지 별이 되어 날아갈 것 같다니까요."

아내의 목소리가 들린다.

부드럽고 투명한, 아름다운 목소리이다.

"하지만."

나를 향해 뒤돌아 온 아내가 갑자기 내 가슴으로 달려들었다.

"난 여기서 이치 씨와 올려다보는 이 마을의 하늘이 제일 좋아요. 1년에 한 번 정도는 이렇게 함께 산책할 수 있으면 좋겠어요."

아내는 열심히 나를 격려해주고 있었다.

가슴에 쌓여 있던 진흙덩이 같은 응어리가 조용히 떠내려간다.

'이 무슨 꼴사나운 모습이야……!'

나는 스스로를 호되게 꾸짖었다.

정신을 차리고 보니 혼자 오뇌(懊惱)에 빠져 긴 여행에서 돌아온 아내에게 제대로 된 인사 한마디 하지 않았다. 혼자 우울과 감상이라는 안일에 젖고 고집의 술에 취해 고주망태가 되어 있었을 뿐이다.

이 얼마나 추한 독선인가.

아내가 다시 달리기 시작했다. 윤기 있는 흑발이 별빛을 받아 반짝반짝 빛나 보였다. 그 광채를 바라보는 것만으로도 더할 나위 없는 온기가 가슴에 퍼져갔다. 아무리 바쁜 와중이라도 이 한때의 소중함을 간과해서는 안 될 것이다.

나는 잠시 주저했지만 마음을 굳히고 큰 소리로 외쳤다.

"잘 왔어, 하루!"

뒤돌아본 아내가 조금 놀란 듯한 얼굴을 하더니 금세 행복한 미소를 지었다.

어두운 골목길에서 그곳만이 봄 햇살을 비춘 것처럼 환하게 빛났다.

제2장

멈추지 않는
비는 없다

'기소지(나가노현 남서부에 있는 산간 지대 - 옮긴이)는 모두 산중이다'라고 쓴 이는 시마자키 도손(島崎藤村, 일본 자연주의 문학의 선구자이자 낭만주의 시인 - 옮긴이)이다. 기소지에서 나고 자랐기 때문에 쓸 수 있는 명문이리라.

이전의 나카센도가 19번 국도로 이름을 바꾼 지금도 길은 여전히 구불구불 오르락내리락하고, 오치아이 여관에서 니에카와 여관까지 터널과 다리가 반복되는 길이 80킬로미터나 이어진다. 고속도로도 샛길도 존재하지 않는 외길이기 때문에 일단 여기에 들어서면 앞으로 나가든지 뒤로 물러나든지 둘 중 하나를 선택해야 하는 산간 애로(隘路)인 것이다.

도손의 시대에는 그야말로 모든 것이 산중이었음에 틀림없다.

기소병원에서 당직을 마치고 마쓰모토다이라로 돌아오는 차 안에서 문득 그런 생각을 했다.

계절은 11월 초순.

짧은 가을은 벌써 끝나고 슬슬 동장군이라는 초대받지 않은 손님이 신슈의 산과 들을 날뛰기 시작하는 계절이다. 기소의 산과 들은 침엽수의 단단한 잎으로 방어 태세를 굳히고 이미 겨울 준비를 마친 모습이다. 나로 말할 것 같으면 여전히 봄부터 입어 낡은 주름투성이 와이셔츠 차림으로, 기소의 냉기가 더할 나위 없이 춥게 느껴진다. 수십 번 왕래하는 계절을 음미하면서 아무리 시간이 지나도 겨울 준비에 시간이 걸리는 것은 자연계에서 인간 정도일 것이라며 영문을 알 수 없는 감개에 젖었다.

도중에 기소 11여관 중 하나인 나라이 여관에서 차를 멈추었다. 아침 7시가 안 된, 이른 아침 역참(驛站) 마을에 인적은 없다. 집들이 가지런히 늘어선 고요한 길에 홀연히 발을 내디디니 금세 에도 시대의 나카센도를 헤매는 듯한 불가사의한 착각에 사로잡혔다. 빛바랜 헌등(軒燈), 나무로 된 격자문, 서로 겹치듯이 이어지는 기와지붕과 그 너머로 보이는 경내의 숲. 그런 것들이 아침 안개에 흐려져 한 폭의 수묵화처럼 환상적이다. 기소대교 위에서 잠시 멈추자, 이른 아침 매서운 냉기가 슬금슬금 몸에 스며들고 입김이 하얗게 번져나왔다.

기소병원 당직은 아침 6시에 끝나고, 거기서부터 두 시간 정도면 마쓰모토다이라까지 돌아올 수 있다. 혼조병원의 9시 외래에 맞춰 가면 되기 때문에 약간은 여유가 있다.

이런 잠깐의 여유가 있을 때 서둘러 직장에 돌아가는 것은 어리석기 짝이 없는 일이다. 아침 안개에 흐려진 기소의 길가에서 캔 커피 한 잔을 맛볼 여유가 있다니, 이거면 충분하지 않은가.

인적 없는 역참의 처마 아래 앉아 천천히 한숨 돌리고 있는데, 갑자기 휴대폰이 불쾌한 호출음을 울렸다. 한숨을 내쉬며 휴대폰을 꺼내 착신 버튼을 누르자마자 익숙한 목소리가 날아들었다.

"혼조병원의 도자이입니다. 구리하라 선생님이시죠?"

"지금 거신 전화번호는 현재 사용하지 않는……."

"선생님, 바보 같은 소리 좀 그만하세요. 아즈미 씨가 하혈을 했어요!"

세상모르고 깊이 잠들어 있는데 누가 갑자기 깨운 것 같은 충격이다.

"아즈미 씨라니, 302호실 아즈미 씨 말이야?"

"그래요, 담낭암으로 입원한 302호실 환자요. 아담한 체구에 정중하고 다정한 성격의 아즈미 씨 말이에요!"

드물게 도자이가 당황하고 있다. 창이 날아오건 우박이 떨어지건 내가 발작성 심방세동(심방이 무질서하게 뛰면서 불규칙한 맥박을 형성하는 흔한 부정맥 질환 - 옮긴이)으로 쓰러지건 전혀 동요하지 않을 도자이가 드물게 당황한 것이다.

"상황은?"

"혈압은 95에 40, 맥박은 108, 의식 레벨은 현재 떨어지지 않았어요. 5분 전에 간호사가 돌다가 알아차렸는데, 침대 시트까지 더러워질 정도로 출혈이 일어났어요."

혈압이 다소 낮은 것은 그런대로 괜찮지만 빈맥(심장박동 수가 분당 100회 이상으로 지나치게 빠른 상태 - 옮긴이)이 나타나고 있다. 적신호이다.

"CBC(혈액 내 존재하는 적혈구, 백혈구, 혈소판에 대한 정보를 제공하는 일반 혈액 검사 - 옮긴이)랑 생화학검사해서 수혈 준비해. 그리고 스나야마 닥터에게 연락하고. 내가 돌아갈 때까지 한 시간만 녀석에게 지시해달라고 해."

"스나야마 선생님요? 하지만 아직 아침 7시예요."

"그 녀석은 6시엔 항상 병원에 와 있어."

일단 캔 커피를 단숨에 마셔버리고 그대로 쓰레기통에 던져 넣었다.

"50분 안에 갈게. 녀석에게는 그렇게 전해줘."

"알았어요."

전화를 막 끊으려고 하는데 갑자기 도자이의 목소리가 들렸다.

"운전 조심하세요. 이쪽은 어떻게든 알아서 할 테니까 서두르다 사고 내지 마시고요."

이런 점이 도자이의 장점이다.

"다정하군. 하지만 전에도 말한 것 같은데, 난 아내가 있는 몸이야."

갑자기 전화가 끊어졌다.

담낭암과 하혈.

보통은 직접 관련이 있는 질환이라고 생각하기 어려운 조합이다. 그러나 나의 뇌리에서는 불길한 예감이 떠나질 않았다.

나라이 여관을 나온 지 40분 만에 혼조병원에 도착했다. 조금 과속을 하긴 했지만 긴급 사태 아닌가. 어쩔 수 없다.

그대로 남쪽 3병동으로 부랴부랴 달려가니 스나야마 지로가 평소와 다름없이 시커멓고 거대한 몸으로 엑스레이 사진을 비추는 라이트 박스 앞에 인왕(사찰이나 불전의 문 또는 불상을 지키는 불교의 수호신 - 옮긴이)처럼 무섭게 버티고 서 있는 게 보였다.

지로, 라고 부르니 나를 향해 시커먼 얼굴이 움직였다.

라이트 박스에 가지런히 놓여 있는 것은 복부 CT 필름이다. 평소에는 불필요할 정도로 명랑한 지로가 지금은 엄숙한 표정으로 필름을 응시하고 있었다. 안색도 좋지 않다고 하고 싶지만 너무 까매서 색은 알 수 없다.

"지금 CT 촬영을 막 끝냈어. 환자는 일단 수혈을 시작하고 안정됐네. 지혈제도 추가해서 현재 하혈도 멈췄어."

"그보다……." 지로가 CT를 보여주면서 말했다. "이건 좋지 않아."

간장 바로 아래 하얗게 비춰지는 거대한 종양 덩어리. 2개월 전 CT와 비교해 두 배는 커져 있었다. 그리고 거대해진 종양이 아래쪽에 성장하면서 횡행결장(상행결장에서 하행결장으로 이어지는 결장의 일부 - 옮긴이)의 벽을 뚫고 나가 퍼져 있었다.

"역시……."

담낭암의 횡행결장 침윤…….

암이 직접 대장에 달라붙어 거기서부터 출혈이 일어나고 있는 것이다.

"이전 CT와 비교해봤는데, 이거 정말 같은 환자 CT 맞아? 종양이 엄청난 속도로 자라고 있어. 아직 한 달도 안 됐는데."

지로의 말대로이다.

담낭암은 원래 성장이 빠른 종양이다. 증상이 쉽게 나타나지 않기 때문에 발견이 늦고, 진행기에 접어들면 생존 기간이 상당히 짧아지는 질환이다. 하지만 아무리 그렇다고 해도 이 담낭암은 너무 빠르다. 담낭에서 퍼진 암이 주위의 내장에 차례차례 들러붙어 무차별적으로 퍼지고 있다. 이대로는 배 속에 맹수 한 마리를 키우는 것이나 마찬가지이다.

"일단 목숨은 건졌군. 고마워, 지로."

"그럴 거 없어. 피차일반이지. 그나저나 이거 어떻게 할 거야?"

"생각해봐야지."

"생각한들 치료법이 있어?"

"치료법을 생각하는 게 아니야."

나는 사진 속의 암세포 덩어리를 노려보면서 말을 이어 갔다.

"본인에게 어떻게 이야기할지 생각하는 거야."

나는 의사이다.

의사는 치료만 하는 게 아니다.

302호실을 향해 걸으면서 아즈미 씨가 두 번째로 내 외 래에 찾아왔던 날을 떠올렸다.

어느 날 아즈미 씨는 정말 미안해 보이는 표정으로 앉아 있었다.

외래 진찰실에서 나는 대학병원이 보낸 답장을 움켜쥐 고 적절한 말 한마디 찾지 못한 채 그저 말없이 눈을 내리 깔고 있었다.

지난 달 정기검진에서 우연히 담낭암이 발견되었다. 병 변 자체는 결코 크지 않았지만 발견된 장소가 좋지 않았 다. 간문부(간에서 혈관이나 신경, 간관, 림프관 등이 드나드는 부위 - 옮긴이)라는 수술하기 몹시 까다로운 부위였다.

그래도 수술이 가능할지 모른다는 희망을 걸고 대학병 원에 소개장을 쓴 것이 일주일 전의 일이다. 그리고 어느 날 내 외래로 돌아온 아즈미 씨는 말없이 대학병원에서 온

답장을 나에게 내밀었다.

"역시 수술은 무리라고 하네요."

아즈미 씨는 겸연쩍은 미소를 지었다. 아담한 몸이 한층 더 아담해진 것처럼 보였다.

답장에는 '수술 불가능으로 판단, 본인에게도 전부 설명했습니다'라는 실로 간단한 문장이 적혀 있었다.

전부 설명했다고? 어떻게?

"선생님께는 여러 가지로 폐를 끼쳤어요. 죄송합니다."

아즈미 씨는 아주 깊숙이 고개를 숙였다. 그리고 그 자세 그대로 고개도 들지 않고 말했다.

"앞으로 반년 남았다고 합니다. 치료법은 없으니까 하고 싶은 걸 하며 지내라고 하더군요."

말끝이 희미하게 떨리는 것을 나는 놓치지 않았다.

아즈미 씨는 올해 72세로, 일찍이 남편을 잃고 자식도 친척도 없이 혼자 생활하고 있었다. 세상에 오로지 혼자뿐인 고독한 환자에게 갑자기 '하고 싶은 것을 하며 지내라'는 건가?

그런 바보 같은 의사가 어디 있어!

그런 중요한 이야기를 할 때는 시간을 들여 천천히 관계를 쌓아야 한다. 초진 외래에서 갑자기, 그것도 하필이면 "앞으로 반년 안에 죽을 테니 지금은 하고 싶은 대로 하라"라니…….

가슴속에 끓어오르는 분노를 쉽게 억누를 수가 없다. 내가 거의 답장을 짓이기려고 했을 때 아즈미 씨의 작은 목소리가 들려왔다.

"저, 여기로 돌아오면 안 될까요?"

내가 뭐라고 하기도 전에 아즈미 씨는 계속해서 말을 이어갔다.

"다시 저를 진찰해주실 수 없겠습니까, 선생님?"

그 말과 함께 툭 떨어진 것은 눈물이었다.

암 선고를 받았을 때도, 고통이 시작되었을 때도 결코 슬픔을 겉으로 드러내지 않고 차분했던 아즈미 씨가 울고 있었다.

나는 눈물에 젖은 아즈미 씨의 손을 잡고 아무 말도 못한 채 크게 고개를 끄덕였다.

격려나 위로는 그저 진부하기만 할 뿐, 말로 표현할 방법이 없었다. 내가 가진 모든 어휘를 동원해도 이 눈물에 어울리는 말을 찾을 수 없었다.

잠시 후 겨우 입을 뚫고 나온 말은 정말이지 얼빠진 한마디였다.

"다음 외래는 언제가 좋을까요?"

그래도 아즈미 씨는 고개를 들어 웃어주었다.

오후가 되면서 비가 내리기 시작했다.

가만히 있어도 뼛속까지 스며들 것처럼 춥던 바깥 공기가 훨씬 더 추워진 듯하다. 창틀에 달라붙은 물방울로 뿌옇게 흐려져 밖은 보이지 않았다.

"선생님, 항상 죄송합니다."

침대 위에서 아즈미 씨가 평소처럼 다소 미안한 듯이 웃었다.

안색이 좋지 않았다. 바로 옆에 매달린 적색 수혈 팩과 불길한 대조를 이루고 있었다. 뺨은 움푹 파이고, 손가락도 가늘어졌다. 암은 착실하게 아즈미 씨의 생명을 갉아먹고 있었다.

"선생님, 현재 출혈은 멈췄다고 합니다. 저는 괜찮아요."

마치 의사와 환자의 입장이 바뀐 것처럼 나를 안심시키려고 웃었다.

나는 침대 옆 작은 의자에 걸터앉았다.

갑자기 아즈미 씨는 "후훗" 하고 나지막하게 웃었다. 그리고 의아한 표정을 짓는 나에게 말했다.

"아니, 선생님도 왠지 안색이 나쁜 게 꼭 저 같아서요."

나도 모르게 쓴웃음을 지었다. 그러고 보니 기소병원에서 당직을 서느라 어젯밤엔 한숨도 자지 못했다. 세수도 면도도 하지 않았으니 필시 볼품없는 얼굴을 하고 있을 것이다.

"암이 꽤 큰가요?"

기습 공격이다.

약간 당황한 내 눈을 아즈미 씨의 온화한 눈이 놓치지 않고 쳐다보았다. 파도가 잦아든 드넓은 바다처럼 조용한 눈동자. 적어도 절망에 꺾이거나 두려움에 빠진 사람의 눈은 아니다.

그렇게 부드러운 눈을 한 채 아즈미 씨가 말했다.

"저는 괜찮아요. 그보다 제 목숨이 얼마나 남았는지 확실히 알아두고 싶어요."

나는 고개를 끄덕이고 천천히 요점만 간추려 이야기하기 시작했다.

담낭암이 예상보다 빠른 속도로 커지고 있다는 것, 그것이 대장벽에 상처를 내면서 출혈을 일으키고 있다는 것, 현 시점에서는 유효한 대처법이 없고 경과를 지켜볼 수밖에 없다는 것……. 다만 한 가지, 앞으로 한 달도 남지 않았다는 사실은 말하지 않았다.

아즈미 씨는 잠자코 끝까지 이야기를 들은 후, 몇 차례 살짝 고개를 끄덕였다.

"괜찮아요. 그걸로 충분합니다, 선생님……."

스스로를 타이르듯이 중얼거리며 먼 곳을 바라보았다.

"죽을 때까지 절 여기 있게 해주시겠어요?"

나는 말없이 크게 고개를 끄덕였다. 아즈미 씨는 약간 안심한 듯이 미소 지었다.

"선생님은 정말 친절한 분이에요……."

나는 그저 말없이 지켜보았다. 그 밖에 무엇을 할 수 있겠는가. 재치 있는 말 한마디 나오질 않았다. 그저 옆에 앉아 잠자코 고개를 끄덕이는 게 고작이었다.

그리고 잠시 후 아즈미 씨는 피곤한 듯이 숨소리를 내며 잠이 들었다.

작은 체구의 외톨이 할머니는 평소보다 더 작아 보였다.

어떻게 된 걸까…….

한밤중 병동에서 나는 머리를 쥐어뜯었다.

다가와 씨가 세상을 떠나고 아즈미 씨가 악화되었다. 무슨 이유에서인지 이럴 때는 덩달아 상태가 나빠지기 시작하는 사람이 있다. 여기저기에서 열이 나거나 고통스러워하는 노인들이 생기는 것이다. 이런 것을 '인도한다'고 하며, 죽은 사람이 외로워서 동료를 부르는 것이라고 하는 사람이 있는데, 적어도 다가와 씨는 내내 만나고 싶어 했던 아내가 저세상에 있다. 일부러 이쪽 세상에 나와 모르는 사람을 끌고 갈 정도로 별난 사람은 아닐 것이다.

그처럼 쓸데없는 생각을 하는데 갑자기 눈앞에 커피 잔이 놓였다.

"아아, 항상 신경 쓰게 해서 미안해. 도자이 덕분에……."

고개를 들었다가 깜짝 놀랐다. 서 있던 이는 미즈나시 씨였다. 밤색 머리를 어깨 길이 정도로 가지런히 자른 단발머리가 잘 어울렸다. 평소에는 그 밤색 머리를 휘날리며 병실을 분주하게 돌아다니면서 밝은 미소를 퍼뜨리는 그녀가 오늘은 묘하게 찜찜한 얼굴을 하고 있었다. 뭔가 하고 싶은 말이 있는 것 같은 시무룩한 얼굴을 하고는 내 얼굴로 힐끔힐끔 시선을 돌리기 시작했다.

"무슨 일이야?"

"요전에는 죄송했어요."

갑자기 깊숙이 머리를 숙였다.

무슨 소리인지 모르겠다.

이상한 의사 III

일단 커피를 한 모금 마셔보았지만, 도자이의 커피에는 한참 미치지 못하는 맛이었다.

"나한테 뭐 미안한 일이라도 저질렀어?"

"다가와 씨 말인데요. 선생님께 제가 이런저런 건방진 소리를 해서…… 마지막 3일 동안은 선생님께서 내내 곁에 머물면서 필사적으로 고통을 없애주려고 하셨다고 도자이 주임님에게 들었습니다. 근무 시간에만 일하고, 일이 끝나면 집에서 편히 쉬는 주제에 너무 건방진 소릴 했다는 걸 새삼……."

"그건 당연한 거야."

나는 오히려 무심히 대답했다.

"간호사까지 철야로 일하는 그런 직장에서는 짜증스러워서 일할 수가 없어. 애당초 나는 의사도 수를 늘려서 2교대제로 일하는 미래를 열망하는 사람이야. 여기서 먹고 자고 하는 게 바람직하다는 식으로 착각하면 곤란해. 그렇게 쓸데없이 우울해할 여유가 있다면 좀 더 자신을 칭찬해주라고."

요컨대 '자네는 잘한 거야'라는 소리인데, 국어는 꽤 어렵다. 어디까지 전해진 것인지, 미즈나시 씨는 미묘한 표정을 짓고 있었다. 어쩔 수 없이 말을 덧붙였다.

"다가와 씨는 미즈나시 씨가 있을 때만큼은 안심하고 지낼 수 있었어. 긴장이 풀리면서 비로소 잠들 수 있었지. 그건 내가 할 수 없는 역할이야. 즉, 자네는 대단한 사람이라는 거지."

나의 열변을 듣고 잠시 멍해 있던 미즈나시 씨는 갑자기 큭 하고 웃었다.

불길한 예감이 든다.

"도자이 주임님이 무슨 의미로 그런 말을 했는지, 조금 알 것 같은 기분이 드네요."

어차피 몰라도 될 일이리라.

"선생님은 입이 험하고, 차림새도 영 허술하고, 말도 이상하게 하고, 뭔가 어려운 말만 써서 무슨 말을 하는지 모를 때가 많지만, 환자에 관해서만큼은 아주 진지하다고 했어요."

"지금 한 발언을 돌아보면 칭찬보다 비방이 훨씬 많은 것 같은데……."

"그래도 도자이 주임님이 남을 칭찬하는 일은 거의 없어요. 저 역시 칭찬받은 적이 한 번도 없으니까요."

도자이는 내 앞에서 미즈나시 씨를 꽤 칭찬했던 것 같지만 뭐 상관없다. 내가 미즈나시 씨에게 거기까지 신경 써

줄 이유는 없다.

"아무리 이상하다고 해도 어쩔 수 없어. 이게 나야. 나는 언제나 진지해."

"알아요. 아니, 이제 알겠어요."

미즈나시 씨는 생긋 웃었다. 몇 가지 오해가 있었던 것 같은 기분이 들어 심히 불안하긴 하지만 본인이 이해했으니 괜찮겠지.

미즈나시 씨는 밝은 목소리로 앞으로도 잘 부탁한다며 머리를 숙였다. 밝다는 것은 좋은 것이다. 커피가 맛있어지면 더 좋을 것 같다.

문득 떠오른 생각에 나는 떠나려고 하는 미즈나시 씨를 불러 세웠다.

"갑작스러운 질문이긴 한데, 미즈나시 씨, 스나야마 지로라는 남자를 어떻게 생각해?"

"스, 스나야마 선생님 말씀이세요?"

뒤돌아보는 미즈나시 씨의 볼이 빨개졌다.

빨개졌다?

왜?

"조, 좋은 선생님이라고 생각합니다. 아주."

순식간에 귀까지 빨개졌다.

미즈나시 씨는 그대로 아무 말도 하지 않고 동동거리며 뛰어가버렸다.

저 시커먼 괴물의 모습을 떠올리며 공포스러운 나머지 창백해진다면 그나마 이해가 되지만, 빨개지는 여자가 있다는 것은 이해가 되지 않는다. 뭐, 이해가 되지 않는 일은 세상에 산더미처럼 많지만 말이다. 너무 깊이 생각하지는 말자. 시계를 보니 벌써 밤 12시이다. 아즈미 씨의 용태도 안정되었다. 오늘 밤은 그만 집에 갈까.

한밤중에 터벅터벅 집으로 돌아가는 길에 마쓰모토성에 들렀다. 어느새 비는 그치고 구름 사이로 달이 얼굴을 내밀고 있다.

마쓰모토성의 외해자(外垓字)를 건너 구로몬 앞을 지나 천수각(天守閣)을 우러르는 내해자를 따라 천천히 걸었다. 내해자가 직각으로 굽어 있는 근처가 바로 성이 가장 아름답게 보이는 포인트이다. 왼쪽에 이누이코 천수각, 오른쪽에 달 전망대를 거느린 이 성은 위풍당당하고 듬직한 모습으로 대지에 뿌리를 내리고 있는 것 같다.

그 포인트에 삼각대를 설치하고 셔터를 누르고 있는 가련한 공주님을 발견했다.

두말할 것도 없이 나의 아내이다.

광도계를 사용해 밝기를 측정하고, 조리개 수치를 정해 핀트를 맞추고, 셔터 속도를 확인하고, 조용히 셔터를 누른다. 때때로 각도를 바꾸거나 삼각대를 약간 움직이는데, 모든 움직임이 물 흐르듯이 아름답고 낭비가 없다. 이럴 때는 아내가 진짜 사진가라는 사실을 실감한다. 시골 마을 병원에서 아득바득 일하는 나와 달리, 그녀는 세계 각지를 돌아다니는 유명 사진가인 것이다.

모래와 돌을 꾹꾹 밟으면서 가까이 다가가자 아내가 나를 알아채고 손을 흔들었다.

"어서 와요, 이치 씨."

"'다녀왔어'라고 하고 싶지만, 여긴 우리 집이 아니잖아, 하루."

아내가 킥킥 웃는다.

"기다려요, 조금만 더 찍으면 끝나요."

"서두르지 않아도 돼."

사실 이런 늦은 시간에 혼자 사진을 찍으러 와 있는 게 걱정되긴 하지만, 어차피 그녀는 10킬로그램의 기자재를 짊어지고 4,000미터를 올라가는 사진가이다. 틀림없이 불필요한 걱정일 것이다.

니콘의 일안 리플렉스 카메라를 치우고 라이카 M6로 몇 장을 촬영하면 그럭저럭 오늘 일은 끝나는 듯하다. 능숙한 솜씨로 자기 키만 한 삼각대를 접는다.

이윽고 준비를 마치고 귀갓길에 올랐다.

"괜찮은 사진 좀 찍었어?"

"아직 멀었어요. 좀처럼 좋은 달이 나오질 않아서요."

"달에도 좋고 나쁜 게 있어?"

"있고말고요. 하늘 저편에는 좋은 달님과 나쁜 달님이 있어서 어느 쪽이 나올지 실제로 만날 때까지는 알 수 없답니다."

아내가 즐거운 듯이 이야기했다.

"오늘은 어느 쪽 달이었는데?"

"별로 좋지 않은 달이에요."

아무 생각 없이 머리 위를 올려다보았지만, 떠 있는 것은 별다를 것 없는 하현달이다. 특별히 나쁜 녀석처럼 보이지는 않았다.

"맞다, 맞다, 이치 씨."

갑자기 아내가 손뼉을 탁 쳤다.

"학사 씨는 이사 가는 건가요?"

"학사님이? 왜?"

"오늘 아침에 정원에서 책을 태우고 있었어요. 꽤 많이. 학사 씨는 굉장히 책을 소중히 했던 사람이라 어떻게 된 거냐고 물었더니, 어쩌면 여기서 나가게 될지도 몰라서 그런다고……."

그런 이야기는 듣지 못했다.

바로 전날 내가 나가자마자 일어난 일로, 상당히 만류했다고 한다. 갑자기 학사님이 나가게 된다고도 생각하기 어렵지만…….

묘한 예감이 가슴속을 휘저었다.

그 예감을 헤아리듯이, 갑자기 아내가 불안해 보이는 눈동자로 나를 보았다.

"언제까지 다 같이 살 수 있을까요?"

"갑자기 무슨 소리야?"

"그게, 온타케소는 좀 별난 사람들이 모여 있으니까 이웃 사람들 사이에서 평판도 별로고……. 학사 씨 같은 경우에도 마음이 불편해서 더 이상 있을 수 없게 된 건지도 몰라요……."

아내의 염려가 반드시 빗나갔다고는 할 수 없다.

온타케소의 평판은 미묘하기 짝이 없는 상황이다. 어쨌든 출입하는 사람들이 예사롭지 않다. 외부에서 보면 나나

아내까지 포함해 필시 수상한 인간들의 집합으로 보일 것이다.

"걱정하지 마, 하루."

나는 되도록 분명하게 대답했다.

"세상 사람들이 뭐라고 불평하든 우리는 한 가지 확실한 걸 알고 있어."

아내의 올곧은 시선을 뺨 언저리에 느끼면서 나는 달을 올려다보고 혼자서 수긍했다.

"그곳에 사는 사람들은 모두 하나같이 열심히 살려고 하는 사람들이라는 거야. 물론 우리도 포함해서 말이야."

온타케소는 불가사의한 공간이다.

마치 세상에 적응하지 못한 사람들이 여기저기 방황한 끝에 발견한 가케코미데라(에도 시대에 남편과 헤어지기 위해 도망쳐 들어오는 여자를 보호하여 이혼을 성립시키던 절 - 옮긴이) 같은 모습이 확실히 있다. 하지만 가케코미데라와 크게 다른 점은, 찾아온 이들이 결코 세상을 비관하며 출가하지 않는다는 점이다. 그들은 세상이라는 드넓은 바다를 향해 다시 배를 띄운다. 그들은 난파를 두려워해 외딴 섬에 틀어박히지 않는다. 살기 힘든 세상 속에서 자기 자리를 찾기 위해 몇 번이고 여행을 떠나는 사람들이다. 그런

요령이 부족한 사람들을 기인이라며 수군거리는 것은 인생의 어려움을 실감한 적이 없는 어리석은 사람들의 망언이다.

이는 온타케소에 사는 사람들의 공통된 자부심이라고 해도 좋다.

나와는 달리 모두 높은 자부심을 가진 사람들인 것이다.

"남작과 학사님 모두 각자의 길로 여행을 떠나겠지. 하지만 그건 축하해야 할 일이야. 온타케소는 그렇게 많은 사람들을 지켜봐왔어. 우리도 그곳이 없었다면 만날 수조차 없었잖아?"

문득 내 가슴속에 그리운 기억이 떠올랐다. 거기에 호응하듯이 아내가 부드러운 미소를 지었다.

"벌써 3년이나 됐네요."

"그래. 하루와 처음 만난 그날 일은 지금도 생생하게 기억하고 있어."

나는 머리 위 달을 우러러보면서 흐뭇해했다.

"그날은 비가 엄청나게 왔지."

갑자기 저 멀리에서부터 줄기차게 내리는 빗소리가 다가오는 느낌이 들었다.

지금으로부터 3년 전, 어느 여름날의 이야기이다. 의사가 된 지 1년 반이 지나갈 무렵, 나는 혹독한 레지던트 생활에 겨우 길들여지기 시작하고 있었다.

　그날따라 드물게 병원에서 일찍 귀가한 나는 재빨리 들국화방으로 들이닥쳐 저녁 무렵부터 남작과 학사님과 함께 술자리를 시작했다. 오전부터 가랑비가 계속 내리고 있었는데, 그 가랑비가 오후부터 마쓰모토다이라에서는 보기 드문 큰비가 되어 퍼붓고 있었다.

　밖에서는 세찬 빗소리가 들리고 안에서는 우리의 웃음소리가 흘러넘치며 술자리가 한창 무르익을 무렵, 갑자기 현관 입구에서 여자 목소리가 들려왔다.

　"남작이나 학사님 모두 상당히 취했거든. 그래서 그건 잘못 들은 거라고 우겼던 거야."

　말하면서 시선을 옆으로 돌리니 아내가 다정한 눈길로 쳐다보고 있었다.

　"하지만 내 생각엔 왠지 그런 것 같지 않았어. 말도 안 되는 격론을 벌인 끝에, 결국 셋이서 함께 현관 입구까지 나가 확인해보기로 했지."

　들국화방에서 어두컴컴한 복도를 빠져나가 현관 입구까지 온 우리는 어이없는 얼굴로 그곳에 멈춰 섰다.

"내 꼴이 정말 말이 아니었으니까……."

아내는 살짝 미소를 보인 뒤 조금 부끄러운 듯 눈을 내리깔았다.

우리 세 사람이 본 것은 자기 키만큼 커다란 배낭을 짊어지고 물에 빠진 생쥐 꼴로 입구에 서 있는 한 소녀였다.

"그땐 정말 보통 놀란 게 아니었어. 처음 당직을 섰던 날 밤에 토혈 환자를 만났을 때만큼 놀랐지."

"나도 놀랐어요. 아주 난처했고요. 역 앞 부동산에서 받은 지도에 의지해서 빗속을 뚫고 겨우 온타케소에 도착했는데, 나온 분들은 죄다 좀 상태가 이상해서……."

"셋 다 완전히 취해 있었으니까."

"남작님은 벽을 향해 뭔가 말을 걸고 있고, 학사 씨는 나를 보고 '여기 오면 안 돼, 여기 오면 안 돼'라고 자꾸 손사래를 치고……."

나는 겸연쩍은 웃음을 지었다. 정말 추하기 이를 데 없는 모습이었다.

나중에 집주인에게 들은 이야기지만, 그러기 며칠 전부터 부엌 공동 게시판에는 '가까운 시일 내 입주자 있음'이라는 방이 붙어 있었다고 한다. 물론 그런 것을 일일이 확인할 우리가 아니다.

갑작스러운 귀한 손님에 당황한 우리는 삼인삼색 꼴사나운 추태를 드러냈을 뿐이었다.

"그때는 다른 집을 찾으러 갈까, 정말 진지하게 생각했어요."

"정상적인 판단이야. 내가 하루였다면 조금도 망설이지 않고 빗속으로 돌아가버렸을 거야."

"하지만."

아내는 갑자기 고개를 들어 나를 보았다.

"이치 씨는 흠뻑 젖은 나를 보더니 바로 어딘가로 달려나갔어요. 그리고 큰 수건을 한 장 가지고 돌아왔지요. 그게 정말 기뻤답니다."

그렇게 말하면서 아내는 활짝 핀 꽃처럼 환한 미소를 지었다.

이 미소를 볼 수 있다면 수건 100장, 아니 200장이라도 온갖 어려움을 물리치고 가져오고자 할 것이다. 속으로는 웃고 있으면서도 일단 겉으로는 까다로운 표정을 짓고 있는 내 귀에 아내의 투명한 목소리가 들려왔다.

"그때 이치 씨가 진지한 얼굴로 해준 말을 지금도 기억하고 있어요."

"내가 무슨 말을 했어?"

아내는 살짝 고개를 끄덕이더니 내 흉내를 내듯이 목소리를 내리깔고 말했다.

"괜찮습니다. 멈추지 않는 비는 없으니까요."

"지리멸렬하군."

"그렇지 않아요."

한숨을 쉬는 내 손을 꼭 끌어당기며 아내는 계속 이야기했다.

"왜냐하면 흠뻑 젖어서 난처해하는 날 열심히 다독여주고 있다는 게 아주 잘 전해져왔거든요. 정말 감동했어요."

그게 나와 미래에 내 아내가 될 하루와의 첫 만남이었다.

가타시마 하루나라는 이름의 그녀는 직업이 사진가라는 것, 두 달 동안 북알프스 사진을 찍기 위해 도쿄에서 왔다는 것을 알려주었다. 방은 2층 '소나무방'. 내 방인 벚꽃방 바로 옆이었다.

나는 일주일의 반은 병원에서 생활하고, 그녀는 종종 북알프스 산장에서 머무는 생활을 했기 때문에 서로 접점은 거의 없었지만, 운명의 신은 절묘한 타이밍으로 우리를 만나게 해주었다. 없는 용기를 총동원해 그녀를 식사에 초대하거나, 남작이나 학사님을 불러 다 같이 성대한 술자리를 갖는 일도 자주 있었다. 정신없이 돌아가는 직장에서 어떻게든 하루 휴가를 얻어내 둘이서 가미코치에 갔던 것도 이 무렵이다.

이윽고 예정했던 두 달이 거의 채워졌을 때쯤, 복도에서 마주친 그녀에게 나는 아무렇지도 않게 물었다.

"이제 곧 가는 건가?"

태연한 어조였지만, 속으로는 얼마나 많은 눈물을 흘렸던가. 두 달 동안 쌓은 아름다운 추억이 주마등처럼 지나가고, 이대로 이 가련한 아가씨를 납치해서 벚꽃방에 가둬버릴까 하는 괘씸한 생각까지 고개를 쳐들었다.

그러나 의외의 대답이 돌아왔다.

그녀는 약간 고개를 갸웃거리더니 생각에 잠기는 것처럼 침묵한 후 조용히 대답했던 것이다.

"여기 좀 더 있어도 될까요?"

넉넉잡아 5초는 침묵이 이어졌을 것이다.

나는 잠시 어안이 벙벙해 그 아름다운 눈동자를 바라보았다. 이윽고 가슴속에서 드높이 울려 퍼지는 환호성에 몸을 맡기면서도 목소리만은 침착하게 물었다.

"도쿄에 돌아가지 않아도 돼?"

"사진 일은 여기서도 할 수 있어요. 오히려 이쪽이 더 좋을지도 몰라요. 게다가……."

"게다가?"

"딱히 돌아갈 데가 있는 건 아니에요."

그때 순간적으로 보였던 쓸쓸한 눈동자를, 나는 지금도 또렷이 기억하고 있다.

그녀는 어려서 가족을 잃은 고독한 사람이었다. 어릴 적부터 도쿄의 먼 친척집에서 자랐는데, 도저히 그 집에서 자기 자리를 찾을 수 없었다고 한다. 도쿄의 미술대학을 졸업하고 사진가로 일하기 시작한 지 2년이 지나 있었다. 그런 그녀에게 온타케소에서의 생활은 집에서 나와 자립하기 위한 좋은 기회를 제공했던 것이다.

그로부터 나와 그녀가 결혼할 때까지 2년, 결혼하고 나서 1년, 합쳐서 3년의 세월이 지났다.

그때는 제몫의 반밖에 못하는 레지던트에 불과했던 내가 레지던트를 지도할 수 있을 정도의 내과의가 되었고, 산악 사진가인 아내는 활약의 장을 세계로 넓혀가고 있다.

상당한 변화이다.

나는 문득 현실로 돌아와 얼굴에 미소를 띠었다.

어느덧 눈앞에 평소와 다름없는 온타케소의 불빛이 보인 것이다.

잘 손질된 처마들이 줄지어 선 주택가 한구석에 거대한 매화나무를 거느린 누옥(陋屋)이 장소에 걸맞지 않은 관록을 발산하며 앉아 있다.

"원래 저곳은 땅에 뿌리를 내리고 영주하는 장소가 아니야. 어디까지나 임시 거처야. 우리도 나갈 시기를 생각해야 할지 몰라."

온타케소의 낡은 간판을 바라보다가 옆에 있는 아내에게로 시선을 돌렸다.

"하루는 이사하고 싶어?"

그녀는 내 말에 서둘러 고개를 좌우로 흔들었다.

"있을 수 있는 한 저기 있고 싶어요. 모두 소중하니까."

망설임 없는 대답에 나도 고개를 크게 끄덕였다. 둘 사이에 이견도 없거니와, 서둘러 이사를 갈 곳도 없다. 아직 안개가 걷히지 않은 인생이다. 짙은 안개 속에서 급하게 배를 출항시켰다가 항구를 떠나자마자 좌초되는 일을 만들 수는 없다.

나는 문득 생각난 듯이 말을 이었다.

"학사님 일은 곧 내가 다시 확인해볼게."

그가 온타케소를 나간다면 그것은 성공을 거두었을 때이리라. 그렇다면 축배를 들어야 한다. 우리는 출항하는 친구를 붙들 정도로 촌스럽지 않다.

하지만 아무 말 없이 나가는 것은 용서할 수 없다. 돛대를 쓰러뜨려서라도 한잔할 때까지는 출항시키지 않을 것이다.

일말의 적요함을 느끼면서도 나는 명랑한 어조로 덧붙였다.

"얼마나 밝은 미래를 발견했는지 모르지만, 우리를 두고 혼자만 영광의 하늘 아래로 나간다니 간과할 수 없는 사태야. 학사님을 보면 엄하게 추궁해야겠어."

내 목소리에 아내가 쾌활한 웃음소리로 답했다.

그러나 나는 며칠 후, 그렇게 익살을 떨었던 나의 어리석음을 뼈저리게 깨닫게 되었다.

다음 날은 아침부터 외래이다.

여느 때와 마찬가지로 대합실은 사람이 한꺼번에 몰린 플랫폼처럼 오가는 사람들로 지극히 혼잡하다.

이런 서민 마을의 야전병원에는 인근에서 닥치는 대로 환자가 찾아오는 것이다.

나는 외래가 질색이다. 여기에는 이유가 있다.

이런 병원의 소화기내과 환자들은 절반 정도 알코올 관

련 환자이기 때문이다. 한 성깔도 부족해 두 성깔은 거뜬히 할 것 같은 사람들이 이놈 저놈 가리지 않고 오늘도 줄을 잇는다.

예를 들어,

사례 ① 65세 남성

"오무라 씨, 간 기능이 꽤 악화됐던데 평소에 어느 정도 술을 드시는 거예요?"

무서운 눈초리로 노려보는 나에게 오무라 씨는 약간 겸연쩍은 표정을 지어 보이며 말했다.

"이제 많이 줄였어요, 선생님. 지금은 하루에 2홉 정도 마십니다."

"2홉도 좀 많지만, 그것만 마실 리 없죠. 저는 속일 수 있어도 혈액 검사는 속일 수 없어요."

"뭐, 가끔은 3홉 마실 때도 있……나?"

"가끔 3홉? 경우에 따라서는 금세 4홉도 마십니다, 이런 식으로 말할 작정은 아니겠죠?"

"뭐…… 깜빡하고 4홉 마시는 날도 없진 않지만……. 그래도 드물어요, 선생님."

"그래도 손자 생일이라든가 하면 즐거운 나머지 5홉?"

"그야 당연히 5홉이죠."

사례② 82세 남성
"아사히 씨, 아직 마시는 거죠?"

악화된 혈액 검사 수치를 확인하고 나는 무서운 눈초리로 할아버지를 노려보았다. 그러나 할아버지는 오히려 신기하다는 표정을 지으며 말했다.

"끊었어요, 선생님. 그 후로 단 한 방울도 안 마셨다니까요."

"한 방울도?"

"한 방울도요!"

할아버지는 단호한 표정으로 대답하며 배우자를 돌아보았다.

"이봐, 할멈. 나 완전히 술 끊었지?"

"그럼요, 그 후로 소주병은 전부 다른 사람에게 줬고, 마시는 건 보리차랑 맥주뿐이에요."

생긋 웃으며 안심한 표정의 할머니. 귀를 의심한 나는 조심스럽게 확인한다.

"지금 뭐라고……?"

"소주병은 전부 다른 사람에게……."

"그다음 말입니다."

"마시는 건 보리차랑 맥주뿐이에요."

사례③ 28세 여성

"기리 씨, 이제 슬슬 술을 끊지 않으면 간장이랑 췌장이 전부 너덜너덜해져서 못쓰게 돼요."

"괜찮아!"

기리 씨는 갑자기 소리를 질러댔다. 진찰실에 들어왔을 때부터 이미 취해 있었다. 비틀거리는 다리로 의자에 앉아 될 대로 되라는 얼굴을 한 채 몸을 흔들고 있다.

묘령의 여성이 얼근하게 취한 모습은 매력적이지만, 기리 씨 경우는 처음부터 만취해 있었다. 아무래도 부부 사이에 뭔가 큰 문제가 있어 그것을 잊기 위해 술로 도망치는 것 같은데, 거기까지 개입할 수는 없다. 이 뒤에도 30명의 환자가 진찰을 기다리고 있다.

"괜찮을 리 있겠어요? 이건 다 당신 몸을 걱정해서 하는 소리예요."

"뭐야, 다정한 말이나 해대고. 싸구려 동정 같은 건 필요 없어."

"적당히 좀 하세요. 내가 동정한다면 그건 만취한 당신이 아니라 마구잡이로 당신 입에 들어가는 술일 겁니다."

"뭐라고? 나랑 술이랑 어느 쪽이 더 중요한 거야?"

"말도 안 되는 소리는 그만해주시면 좋겠군요. 어쨌든 술을 끊으세요. 계속 이대로 가다간 생명에 지장 있어요."

"괜찮아. 죽어버리겠어. 그럼 저 남자도 내가 얼마나 소중한지 조금은 깨닫게 될 거야."

아무래도 주치의를 내과에서 정신과로 변경하는 게 좋을 듯하다.

"아아, 이대로 하늘로 날아갈 수 있으면 좋을 텐데……."

기리 씨는 중얼거리자마자 갑자기 오른손을 머리 위로 빙빙 휘젓기 시작했다. 간호사는 깜짝 놀라 벽 쪽 끝으로 피신했다.

"기, 기리 씨, 지금 뭘……?"

"다케코프타(일본 만화 『도라에몽』에 등장하는 비밀 도구로 일종의 대나무 프로펠러 - 옮긴이)야!"

"네?"

"내 오른손은 다케코프타라고!"

사례 ④ 54세 남성

"선생님, 역시 술은 못 끊겠습니다."

요코타 씨는 무서운 표정으로 불쑥 대답했다. 눈이 약간 노래진 것이 황달 징후가 나타나고 있다.

"하지만 요코타 씨, 술을 끊지 않으면 생명에 지장이 있습니다. 지금이라면 아직 간장이 원래대로 돌아올 가능성이 충분히 있어요."

"……선생님은 술을 마십니까?"

당돌한 질문이다.

"그야 약간은……."

사실 꽤 많이 마신다.

"그럼 선생님은 누가 술을 끊으라고 하면 선뜻 끊으실 겁니까?"

"……물론입니다."

불의의 일격을 받고 다소 대답이 늦어졌지만, 나는 유유히 고개를 끄덕여 보였다.

요코타 씨는 노래진 눈으로 잠시 천장을 올려다보았다. 그리고 말했다.

"선생님, 세상에는 두 종류의 의사가 있습니다."

요코타 씨는 원래 폭력 조직에 몸담고 있었다고 한다. 띄엄띄엄 중얼거리듯이 이야기하는 모습에 박력이 있다.

"술을 미워하는 의사와 술을 사랑하는 의사입니다."

갑자기 시선을 나에게 돌리며 말했다.

"술을 미워하는 의사는 그 같은 타이밍으로 대답하지 않지요."

천천히 일어난 요코타 씨는 그대로 문 쪽으로 걸어갔다. 그리고 나가기 직전에 어깨 너머로 나를 돌아보며 불쑥 한마디를 던졌다.

"선생님도 몸조심하시길."

도대체 무슨 소리야.

이놈 저놈 할 것 없이 다들 병원에 뭐 하러 온 걸까.

점점 피곤해지면서 알코올 상습자들이 떼로 나를 꼼짝 못하게 만들러 온 게 아닐까 하는 바보 같은 망상에 빠질 것 같다.

물론 모두가 그런 것은 아니다. 하지만 이런 예사롭지 않은 사람들이 있는 것은 사실이다.

의국 안에 울려 퍼지는 멍청한 웃음소리에 나는 눈살을 찌푸렸다.

내 외래의 참상을 들은 스나야마 지로가 폭소를 터뜨리고 있었다.

"그 녀석은 재미있어. 이놈 저놈 할 것 없이 전부 코미디

프로그램 못지않게 재미있단 말이야. 역시 유유상종이라
는 건가?"

"지로, 조용히 눈 감고 거기 있는 창문으로 뛰어내리는
게 어때? 설사 온 세상이 슬퍼한다고 해도 나만은 진심으
로 기뻐해줄 테니까."

불쾌한 얼굴을 하고 노려본들 이 시커먼 도깨비가 조금
이라도 마음을 고쳐먹을 리 없다.

"빨리 대학병원에 가. 그럼 그런 환자는 사라지고 좀 더
보람 있는 일을 하게 될 거야."

"멍청한 놈, 여기 일은 보람이 없다고 말할 셈이야?"

"핑계 대지 마. 나는 널 걱정하는 거야. 너는 대학병원에
가야 해."

나는 묵살했다.

묵살하면 이 남자가 조금이라도 자신의 얕은 생각을 반
성하느냐? 그렇지는 않다. 언제나처럼 스나야마 블렌드를
자못 맛있다는 듯이 마시고 있다. 친절하게 내 몫까지 타
서 책상에 두었지만 오늘 나는 당직을 마친 후가 아니다.
당직을 마친 후가 아닌, 제대로 된 판단력이 있을 때 이런
섬뜩한 액체를 마실 수 있을 리 없다. 나는 흘깃 쳐다볼 뿐
컵의 존재를 무시했다.

"아, 그러고 보니." 갑자기 지로가 진지한 표정을 지었다. "그 후로 아즈미 씨 상태는 어때?"

"가능한 방법이 없다는 건 너도 알잖아. 일단 하혈은 멈췄고 본인은 안정됐어."

"그래? 괜찮은 할머니야. 내가 달려갔을 때도 자꾸 폐를 끼쳐 미안하다고 하더군. 자기가 죽어가고 있는데 그렇게 남을 배려할 수 있다는 건 대단한 거야. 좋은 사람이 먼저 죽는다는 건 사실인가 봐."

지로가 한숨을 쉬었다. 이 남자, 근본은 다정하다. 감상에 젖은 시커먼 거한을 보니 금세 놀리고 싶어졌다.

"그런 식으로 따지면 너는 상당히 오래 살 것 같아. 정말 유감이야. 좀 더 좋은 인간이 돼서 빨리 죽어주면 세상을 두 번 위하는 일이 될 텐데."

"솔직하지 못하긴. 내가 정말 죽어버리면 아무리 날 만나고 싶어도 만날 수 없게 돼. 넌 분명히 쓸쓸해져서…… 어이, 이치토!"

큰 소리로 나를 불러 세우는 지로의 목소리를 무시하고 의국을 나섰다.

바보를 놀리려다 오히려 힘만 빠졌다.

아즈미 씨에게 가족이 없다는 사실은 앞서 이야기했다. 하지만 아무도 병문안을 오지 않는 것은 아니었다.

도자이가 금요일 낮이면 항상 나타나는 신기한 노신사 이야기를 해준 것은 바로 전날의 일이다.

주름 없는 회색 재킷에 짙은 남색의 넥타이를 매고, 조금 허름한 중절모를 쓴 노신사. 병동 엘리베이터에서 내릴 때 '똑똑' 하는 독특한 나무 지팡이 소리가 들리는 게 인상적이라고 한다.

노신사는 반드시 간호사 대기실 앞에서 모자를 벗고 인사를 한 뒤 302호실로 향했다.

병실에서는 항상 아즈미 씨에게 정중한 어조로 이야기한다. 깊이 파고드는 질문은 하지 않고 한 시간 뒤 그대로 돌아간다. 아무래도 가족이나 친척은 아닌 듯하다. 그러나 부족한 옷을 가져오거나 세탁물을 가지고 가는 등, 마치 남편 같은 행동을 하고 있다. 아즈미 씨도 안심하고 용무를 맡기는 모습이어서 간호사들 중에는 틀림없이 부부라고 생각하는 사람도 있었던 것 같다.

항상 내가 몹시 바쁜 시간인 금요일 낮에 오기 때문에 직접 만난 적은 없었는데, 이날은 그렇지 않았다.

바로 그 회색 재킷의 신사가 와 있어요, 라고 도자이가 알려준 것은 목요일 밤의 일이었다. 아즈미 씨의 병 상태를 알고 싶다는 노신사는 오후부터 계속 나를 기다렸다고 한다. 깜짝 놀라 곧바로 그 신사를 부르라고 일렀다.

"갑자기 찾아와서 정말 죄송합니다."

노신사는 간호사 대기실에 들어오자마자 깊숙이 머리를 숙였다.

문득 묘한 생각이 스쳤다. 아즈미 씨의 예의범절은 가까운 사람에게 전염되는 게 아닐까 하는 등등의.

"제 맘대로 병 상태를 알고 싶다고 말씀을 드렸습니다."

노인은 모자를 벗고 지팡이를 내려놓으며 천천히 의자에 앉았다. 몸가짐은 부드럽고 눈가는 평온한, 그야말로 전형적인 신사이다.

노인은 조용히 이야기를 시작했다.

"쭉 알아야 할지 말지 망설였습니다. 저는 아즈미 씨의 가족이 아닙니다. 피로 연결된 것도 아니에요. 하지만 지난번부터 수혈도 하고 있다고 하고, 어떻게 해야 좋을지 몰라 이렇게 여쭤보러 왔습니다."

보통 환자의 개인 정보는 필요에 따라 가족에게는 이야기하지만, 그 이외의 사람에게 발설하는 것은 법으로 금지되어 있다. 개인정보보호법이라는 것이다. 본인이 거부할 경우에는 가족에게조차 이야기할 수 없다.

따라서 노신사의 말은 맞다. 가족이 아니라면 멋대로 이야기할 수 없다.

하지만 법은 환자를 지키기 위한 도구이다. 법을 지켜 환자를 고립시킨다면 의미가 없다. 그걸 판단할 재량 정도는 의료 현장의 의사에게 있어야 마땅하다.

나는 노신사가 아즈미 씨에게 가족과 같다고 판단했다.

"병의 상태는 상당히 심각합니다."

노인은 내 말 한마디 한마디를 곱씹듯이 고개를 끄덕이며 들었다.

암이 급속도로 퍼지고 있는 것, 장에 침윤해 출혈을 일으키고 있는 것, 유효한 치료법은 없다는 것, 앞으로 출혈을 크게 일으키면 그대로 악화되어 사망할 가능성이 높다는 것, 그리고 예후는 한 달을 예측하고 있다는 것.

"한 달이라고요?"

역시 놀랐는지 노신사는 눈을 부릅떴다.

시선이 허공을 떠돌고 있다. 잠시 후 겨우 중얼거렸다.

"그렇습니까……. 그렇게……."

"실례지만 아즈미 씨와 어떤 관계입니까? 간호사 중에는 마치 부부 같다고 말하는 사람이 있을 정도예요……."

내 말에 노신사는 오히려 놀란 모습이었다.

"부부라니…… 전혀, 전혀 그렇지 않습니다."

흰 수염이 난 노인의 입가에 살며시 미소가 떠올랐다.

"옛날에 아즈미 씨의 남편분이 저를 구해주신 적이 있습니다. 목숨 같은, 그런 거창한 건 아닙니다. 아니…… 오히려 더 중요한 것이었을지도 모르지요. 벌써 50년도 더 된 이야기라 거의 잊어버렸지만……."

노신사는 먼 과거를 생각하듯이 다소 눈을 가늘게 떴다.

"그 후로 오랫동안 만나왔고, 남편분이 돌아가실 때 제게 남기신 말이 있습니다. 기요코를 부탁한다고요."

난 그걸 충실하게 지키고 있을 뿐이에요, 라고 중얼거리듯이 말하며 노신사는 천천히 일어섰다.

"중요한 이야기를 해주셔서 고맙습니다. 묻지 않았으면 후회할 뻔했어요. 내일부터는 매일 오도록 하겠습니다."

노신사는 다시 깊숙이 머리를 숙였다. 중절모를 쓰고 지팡이를 들어 올리며 간호사 대기실을 뒤로했다.

노신사의 지팡이 소리가 신기하게도 인상적으로 귓가에 울렸다. 똑똑, 복도 저편에서 계속 들려오는 것 같은 기분이 들었다.

"빅뉴스야, 닥터."

집에 돌아오자마자 남작이 벚꽃방을 찾아왔다. 이게 첫 마디였다.

아내가 평소처럼 능숙하게 이노다(교토를 대표하는 커피 전문점 - 옮긴이) 커피콩을 갈아 최상의 한 잔을 만드는 데 착수했다.

"이야, 하루나 공주님. 변함없이 향기가 좋네요. 당신과 같은 세상에 태어날 수 있어서 정말 행복합니다."

"고맙습니다, 남작님. 3분만 기다려주세요."

만면에 미소를 띤 남작. 파이프와 커피, 스카치를 더할 나위 없이 좋아하는 남자이다.

"정말 닥터는 행복한 양반이야."

콧노래를 섞어가며 그렇게 말한다.

"하루나 공주님과 결혼한 지 이제 막 1년이 지난 거지?"

"그렇긴 한데, 결혼기념일에 바람맞힌 얘기를 다시 꺼낼 생각이라면 커피는 포기해."

"아니야."

서둘러 손을 흔들며 말한다.

"자네들을 보고 있으면 벌써 몇 년이나 같이 산 부부처럼 호흡이 척척 맞아. 부러운 일이야. 나에게도 빨리 공주님 같은 천사가 내려와야 할 텐데."

"남작님은 애인이 없으신가요?"

아내 하루의 말에 남작은 놀랐다는 듯이 눈을 동그랗게 떴다.

"이 떠돌이에게 그런 멋진 게 있을 리 없지. 애인은 스카치랑 캔버스 정도라네."

"그거 참 쓸쓸하네요."

아내의 깔끔한 한마디에 남작은 어깨를 늘어뜨렸다.

나는 의아한 표정을 짓는 아내를 향해 가볍게 웃어 보이며 남작의 관심을 이쪽으로 유도했다.

"그런데 뭐가 빅뉴스라는 거야, 남작?"

"그냥 빅뉴스가 아니야. 비이익뉴스라고."

아무래도 상관없는 일에 집착하는 귀족님이다. 부정하면 본론에 다다를 수 없기 때문에 일단 잠자코 재촉한다.

"여자를 봤어."

나는 불쾌한 표정을 지었다.

"유령은 절대 사절이야. 나는 알코올중독이랑 유령이 너무 싫어."

"유령이 아니야. 진짜 여자야. 그것도 깜짝 놀랄 정도로 아름다운 여자라고, 닥터."

흥미를 *끄는* 이야기는 아니다.

아름다운 여자는 세상에 산더미처럼 많고, 깜짝 놀랄 만큼 아름다운 여자도 찾으면 나름대로 많이 있다. 세상은 넓다.

나는 중간에 말을 끊지 않을 정도로 물었다.

"어디서 봤는데?"

"들국화방에서."

실로 흥미로운 이야기이다.

남작의 이야기에 의하면 어제저녁 무렵의 일이다.

드물게 학사님의 들국화방에서 사람의 말소리가 들려왔다. 게다가 여자 목소리가 섞여 있다는 게 흥미로워서 남작은 공연히 복도를 어슬렁거리고 있었다. 잠시 후 갑자기 장지문이 스르륵 열리고 거기에서 나온 것은 '흘러내리는 듯한 칠흑 같은 긴 머리, 티 없이 맑고 하얀 피부, 늘씬하고 큰 키에 어깨 너머로 이쪽을 바라보는 눈동자는 세상 모든 남자의 영혼을 끌어당길 정도로 매혹적인' 여성이었다고 한다.

남작은 반쯤 넋을 잃고 역설했다. 죄다 낡은 형용사이긴 하지만, 요컨대 믿기 어려울 정도의 미녀였다는 것이다.

"그래서?"

"그게 끝이야."

여성이 나간 뒤 들국화방은 쥐 죽은 듯 고요하고 아무 소리도 나지 않았다. 그 후에는 여성이 돌아올 기미도 없고, 남작이 말하길 "이해가 되지 않는 정적"만이 남았다고 한다. 실로 주관적인 묘사이긴 하지만 말이다.

"학사 씨에게 교제하는 분이 생긴 걸까요?" 아내는 기쁜 듯했다. "학사 씨가 첫눈에 반한 분이라면 분명히 멋진 여성분일 거예요."

"두 번째 말에는 동의해. 하지만 첫 번째는 과연 그럴까? 학문에만 전념하는 학사님에게 여자라니……."

"어머 남작님, 여자가 보기에 학사 씨는 이지적이고, 핸섬하고, 굉장히 매력적이에요. 분명히 대학에 학사 씨를 좋아하는 여성 팬이 많을 거예요."

남작은 이해가 가지 않은 듯했지만 천진난만하게 웃는 아내에게 반론할 수도 없었다. 남작은 아내의 미소에 더없이 약하다.

"그럼 남작, 직접 본인에게 물어보러 가면 되잖아? 뭣하면 지금 갈까?"

"그게 말이지……." 남작이 고개를 갸웃거렸다. "그 이

후로 몇 번을 가봤지만 대답이 없었네. 모르는 사이에 외출한 건지도 모르지. 나야 한시라도 빨리 진상을 파악하고 싶지만……."

"없으면 돌아오길 기다릴 수밖에 없겠군. 뭐, 아침에 돌아오는 것 같다면 그게 진상인 거겠지."

내 중얼거림에 아내는 "하긴" 하고 볼을 붉히며 수줍게 미소 지었다.

남작은 어깨를 움츠렸다.

"도대체가 자네들은 이 사회의 밑바닥인 온타케소에 어울리지 않는 행복의 오라를 발산한단 말이야. 학사님까지 행복의 오라에 뒤덮인다면 더 이상 내가 마음이 불편해서 견딜 수가 없겠어. 적어도 밤에는 돌아와주길 기도해야지."

남작은 보란 듯이 성호를 긋고 기도를 중얼거린 뒤 아내가 탄 커피에 입을 댔다.

"이야, 맛있어, 정말 맛있어. 나에게는 왜 이런 일품 커피를 타주는 여신이 나타나지 않을까."

저렇게 깨죽거리고 있다. 이런저런 말참견을 하는 것을 보면 참으로 경박한 귀족님이다.

하지만 그날 밤, 우리는 예상치도 못한 사태와 맞닥뜨렸다. 나에게는 통한의 사건이었다.

깊은 밤, 갑자기 큰 소리가 들렸다.

잠이 덜 깬 눈으로 일어나는데 "닥터!"라고 외치는 남작의 소리가 들렸다. 이어서 그가 장지문을 탕탕 두드렸고 방 전체가 삐걱삐걱 흔들렸다.

"남작, 그렇게 두드리면 장지문이 떨어진다고."

말을 끝내기도 전에 두 개의 장지문이 떨어지고 남작이 요란하게 방 안으로 쓰러졌다.

장난이 좀 지나치다.

어느새 일어난 아내가 불을 켜니 장지문 위에 뒹굴고 있는 남작의 모습이 보였다.

"닥터, 큰일이야. 빨리 와줘!"

평소 냉정함과 침착함을 내세우는 남작이 새하얗게 질린 얼굴로 외쳤다.

"학사님이⋯⋯!"

벼락을 맞은 것 같은 충격이 흘렀다.

들국화방으로 뛰어 들어간 나는 숨을 죽였다.

방 한가운데 놓인 책상 옆에 축 늘어진 채 쓰러진 학사님의 모습이 보였다. 안 그래도 새하얀 피부에 거의 핏기가 없다. 간신히 호흡하고 있는 듯한데, 딱 보기에도 호흡이 약하다.

달려들어 안아 일으켰다. 확실한 외상이나 출혈은 없지만 체온이 낮다.

"남작, 무슨 일이야?"

"한밤중에 이쪽에서 소리가 났어. 학사님이 돌아온 것 같아서 방문을 두드렸는데 대답이 없었지. 아무래도 뭔가 꺼림칙해서 들어가봤더니 이렇게 돼 있었어."

남작의 목소리가 살짝 떨리고 있다.

맥을 짚어보았다. 혈압은 80 전후, 맥박은 40대, 부정맥은 없다…….

이상하다.

혈압이 상당히 낮은데도 맥박이 오르지 않는다. 그리고 저체온.

방을 휙 둘러보다 나는 책상 위에 시선을 고정했다. 수많은 작은 종이봉투. 내 시선을 눈치챈 아내가 즉시 다가가 종이봉투의 내용물을 꺼냈다.

나는 혀를 찼다.

엄청난 양의 알약이 들어 있었다.

"하루, 구급차를 불러!"

"네!"

아내가 재빨리 방 밖으로 뛰어나갔다.

"남작, 덮을 만한 담요는 죄다 가져와. 어쨌든 더 이상 체온이 떨어지지 않도록 해야 해. 그리고 복도에서 현관까지 불을 전부 켜고 구급대가 들어오기 쉽도록 문도 활짝 열어줘."

남작도 바로 나갔다.

학사님이 천천히 계속 호흡하는 것을 확인하고 가만히 자게 둔 뒤 약으로 눈길을 돌렸다.

일단 눈에 보이는 알약은 50정에서 60정 정도인가. 반 정도는 본 적이 있는 약이지만, 나머지는 모르는 약이다. 방 안을 한 바퀴 돌아보면서 쓰레기통과 서랍 속에서 또 빈 약봉지를 세 개 발견했다. 즉시 아는 한도 내에서 약 이름과 양을 메모해두었다. 메모한 것 중에 치명적인 약은 없는 듯하다.

이러니저러니 하는 사이에 구급차 사이렌이 들려오고 금세 구급대의 목소리가 들렸다. 연락한 지 3분도 채 지나지 않았다. 구급대의 신속함에 혀를 내두른다.

"이쪽이야."

소리쳐 불렀더니 선두에 있던 대원이 목소리를 높였다.

"구리하라 선생님 아니세요?"

마쓰모토다이라 구급대의 고토 대장이었다. 구급대 중에서도 1, 2위를 다투는 고참이며 나이도 46세로 최장년이다. 침착한 태도로 업무를 정확하고 신속하게 처리하는 인물로, 항상 혼조병원 응급실에서 얼굴을 마주하는 사이이다. 이렇게 되면 이야기가 빠르다.

"고토 씨, 아마 급성약물중독일 겁니다. 호흡은 하고 있지만 혈압이 낮아요."

상황을 이야기하는 동안에도 구급대원 두 명이 능숙한 솜씨로 혈압을 잰 뒤 학사님을 들것에 신고 한 사람이 메모를 하기 시작했다.

"자세한 건 아직 몰라요. 어쨌든 혼조병원으로."

"알겠습니다. 선생님은요?"

"물론 동승할 겁니다. 그건 그렇다 치고 고토 씨라서 든든하군요."

내 말에 고토 대장이 살짝 미소를 지으며 말했다.

"그건 우리가 할 말입니다, 선생님. 환자를 옮기는 일밖에 할 수 없는 구식 구급차가 갑자기 닥터카로 변했네요. 고맙습니다."

금세 구급차 사이렌이 다시 울렸다.

나는 아내와 남작에게 나중에 오라고 한 뒤 온타케소를

달려 나갔다.

"혈압은 안정됐고, 심장 초음파 검사에서도 기질적 질환은 보이지 않았네. 문제없어."

순환기내과 자약(自若) 선생님은 이 방면에서 20년 경력을 자랑하는 베테랑이다. 너무나도 태연자약한 인물이라 자약 선생님이라 부르고 있다. 위급할 때도 무표정으로 담담하게 일을 해낸다. 입버릇은 "문제없어"이다.

"느린 맥박은 아마 약제성일 거야. 수액 맞으면서 기다리면 곧 돌아와. 문제없어."

"감사드립니다. 기질적 질환이 없는 걸 알게 된 것만으로도 충분합니다. 한밤중에 일부러 오시게 해서 죄송합니다."

나는 일어서서 고개를 숙였다.

새벽 3시. 병원에 온 학사님은 그 후 맥박이 다시 30대로 떨어져 위험한 상태까지 갔다. 일종의 향정신제를 대량 복용함으로써 이런 상황이 생길 수도 있지만, 위독한 심장 질환이 숨어 있을 가능성을 완전히 부정할 순 없다. 그렇게 되면 판단은 전문의에게 맡길 수밖에 없다. 그 때문에 어쩔 수 없이 심야에 자약 선생님을 일부러 오시게 했던 것이다.

자약 선생님은 평소와 다름없는 무표정한 얼굴로 깊이 잠든 학사님을 흘깃 보고 나서 나를 돌아보았다.

"이 양반은 구리하라 선생의 친구인가?"

나는 잠자코 고개를 끄덕였다.

자약 선생님은 말없이 학사님에게 시선을 돌렸다.

"이 양반의 심장은 문제없어. 문제는 그보다 중요한 곳에 있네."

"심장보다 더 중요한 곳입니까?"

자약 선생님은 눈썹 하나 꿈쩍하지 않고 말했다.

"구리하라 선생, 인간에게 심장이 제일 중요한 장기라는 믿음은 그저 환상일 뿐이야. 그것보다 중요한 건 셀 수 없이 많다고."

자약 선생님은 느닷없이 심장 초음파 검사기를 손에 쥐고 학사님의 심장을 투영시켰다. 모니터에 표시된 심장은 그야말로 힘차게 박동하고 있다.

"심장은 이렇게 훌륭하게 제 역할을 다하고 있네. 하지만 심장 주인이 죽음을 원한다면 이 박동도 그저 혈액을 내보내는 기계운동에 불과해."

잠시 말을 멈추었다가 다시 혼잣말처럼 말을 이어갔다.

"사람은 기계가 아니라네."

심장은 문제없어. 그 사실을 조용히 알려준 자약 선생님은 그대로 훌쩍 자리를 떠났다.

남겨진 나는 그저 말없이 학사님을 바라보았다.

마치 아무 일도 없었던 것 같은 온화한 옆모습. 수면유도제와 정신안정제를 합쳐 200알을 먹고 눈을 감은 환자라고는 도저히 생각할 수 없을 정도로 온화하다.

"일단 입원 침대는 확보됐어요."

말을 걸어온 것은 응급실 간호부장인 도무라 씨이다.

이럴 때 쓸데없이 배려하거나 하지 않고 알아서 척척 해주는 모습이 고맙다.

"병동으로 올려 보낼 거예요."

나는 말없이 고개를 끄덕였다.

"주치의는 구리하라 선생님으로 하면 될까요?"

나는 한 번 더 묵묵히 고개를 끄덕였다.

학사님이 눈을 뜬 것은 그로부터 40시간 후의 일이었다.

원래 피부가 하얀 학사님은 마치 병원의 흰 시트에 녹아들지 않을까 싶을 정도로 핏기가 없는 창백한 얼굴을 하고 불쑥 중얼거렸다.

"살아 있었군요……."

꼬박 붙어서 학사님을 지켜보았던 남작은 그 말을 듣자마자 격노했다. 학사님의 멱살을 잡고 뭐라고 호통을 치더니 그대로 병실에서 나가버렸다. 그 뒤에는 애처로울 정도의 침묵만이 남았다. 나는 경과가 안정되었다는 것만 설명하고 많은 것을 묻지 않았다.

"죄송합니다, 닥터. 저는……."

"상관없어. 자네는 살았으니까. 거기에 의의가 있는 거야."

나는 무표정한 얼굴로 단언했다.

"잠이 안 오면 수면제를 먹네. 불안하면 안정제도 먹지. 하지만 너무 많이 먹으면 안 돼. 술이랑 똑같아."

내 말에 학사님이 살짝 미소를 지었다.

지쳐버린, 너무나도 허무한 미소였다.

혈액 검사도 문제없고, 혈압과 맥박도 안정되고, 별다른 문제 없이 또 하루가 지난 오후, 학사님의 병실에 손님이 찾아왔다.

칠흑 같은 긴 머리, 이와 대조적으로 눈처럼 하얀 피부, 키는 늘씬하고 행동거지는 온화하고 눈동자는 매혹적인 깊이를 띠고 있는 여성이다. 병동을 걷는 모습에는 기품마

저 풍겨나 남녀를 불문하고 발을 멈추고 뒤를 돌아볼 정도
이다.

그날 밤 남작이 말했던 인물이었다.

"다치바나 가에데라고 합니다. 센스케의 누나입니다."

여성은 깊숙이 머리를 숙였다.

다치바나 센스케가 학사님의 이름이라는 것을 깨닫기까
지는 몇 초가 필요했다.

"이번에는 동생의 일로 정말 실례가 많았습니다."

"실례가 많았던 기억은 없습니다. 경과가 좋아서 내일은
퇴원할 수 있을 겁니다. 퇴원하면 바로 축하주를 나눌 생
각입니다. 가에데 씨도 동석해주시면 좋을 텐데요."

그런 내 말에도 누님은 굳은 표정을 누그러뜨리지 않은
채 불쑥 말했다.

"센스케를 이즈모로 데리고 갈까 합니다."

나는 처음으로 학사님이 이즈모 출신이라는 사실을 알
았다.

"나는 닥터에게 사과해야 합니다."

느닷없이 학사님이 입을 열었다. 얼굴에는 다소 핏기가
돌아와 있고 표정에는 평온함이 있다.

"사과? 내 긴조를 몰래 훔쳐 마신 게 아니라면 학사님에게 사과를 받을 일은 없어."

"훔쳐 마신 적은 없어요."

학사님이 쓴웃음을 지었다. 그리고 조용히 말했다.

"내가 학생이라고 한 건 새빨간 거짓말입니다."

누님이 어깨를 바르르 떠는 것 같았다.

"저는 박사과정은커녕 대학에도 간 적이 없습니다. 학력은 고졸이 전부예요. 대학 시험을 치기 위해 상경했다가 시험에 떨어졌습니다. 그 후로 목적도 없이 전국을 여행하던 중에 어쩌다 이 신슈의 시골 마을로 흘러들어오게 된 거죠. 온타케소에 정착한 지 벌써 8년이네요……."

학사님은 자조하는 듯이 무미건조한 웃음을 띤 채 시선을 떨구었다.

잠시 침묵이 퍼졌다.

"니체 연구도 논문 작성도 전부 거짓말입니다."

학사님이 토해낸 말은 뼈에 사무치게 절실했다.

"이즈모에 계신 어머니와는 8년 동안 한 번도 만나지 않았습니다. 어머니는 제가 도쿄 어딘가의 대학에서 학문을 계속하고 있다고 굳게 믿고 계셨거든요. 사실을 아는 건 누나뿐입니다……."

말끝이 떨리며 눈물이 뚝뚝 떨어졌다.

"언젠가 반드시 어머니를 기쁘게 해드리려고 했는데 이렇게 되다니……."

학사님이 울고 있었다.

누님이 조용히 옆으로 다가가 어깨를 감쌌다.

"돌아가자, 센스케. 너는 할 만큼 했어. 이제 어깨에 힘 빼고 돌아가도 돼."

쥐 죽은 듯 조용한 병실에 오열만이 새어나왔다.

내내 자책에 시달려온 학사님의 모습은 이대로 사라져버릴 것처럼 가냘팠다.

"그래서 어쨌다는 거야?"

갑자기 나는 거의 무의식중에 말을 토해냈다.

"학사님이 문학부가 아니라는 것 정도는 이미 옛날부터 알고 있었어. 애당초 시나노대학에 인문학부는 있지만 문학부는 없거든."

조금 놀란 것처럼 고개를 드는 학사님.

나는 꿈쩍 않고 그 모습을 내려다보며 말을 이어갔다.

"하지만 그게 어쨌다는 건데? 문학에 대한 네 탐구심은 명함이 없으면 꾸려나갈 수 없을 정도로 취약한 거였어? 대학? 됐어, 필요하면 이제라도 가면 돼. 마음속으로 기다리는 어머니가 있다면 이제라도 목표로 삼으면 돼. 그렇게 부끄러워할 게 뭐 있어?"

"……하지만 거짓말은 거짓말입니다. 닥터와 사람들을 속였던 거라고요."

"거짓말이 아니야!"

우렁찬 내 목소리에 나 자신도 놀랐다. 누님까지 깜짝 놀라 나를 쳐다보았다.

무슨 상관이람.

"거짓말이 아니야, 학사님. 학사님이 박식한 건 사실이야. 고졸이든 대졸이든 학사님은 동서고금의 서적에 통달했어. 독일 철학에 조예가 깊고, 니체로 말할 것 같으면 그 일 처리와 박식함은 다른 사람을 압도하고도 남음이 있어. 그 사실은 누구보다 내가 잘 알아."

이런 뻔한 사실을 모른다니, 죄다 내가 말하면 그만이다.

"학문을 하는 데 필요한 건 기개지 학력이 아니야. 열의지 겉으로 보이는 게 아니라고. 대학 같은 데 가지 않아도 학사님의 4평짜리 방은 틀림없는 철학의 방이었어. 그 방에는 사색과 예지가 넘치고 번뜩이는 재치와 발견이 있었어. 이런 건 이제 와서 새삼 말로 할 필요도 없는 일이야. 8년을 보낸 그 탐구의 길에 부끄러워할 게 뭐가 있어."

낭랑한 목소리에 누나도 동생도 말이 없다.

"비웃을 테면 비웃으라고 해. 자네는 항상 전진해왔어. 우리가 그 증인이야."

나는 말을 끊고 병실 천장을 올려다본 뒤, 조용히 덧붙였다.

"……라고 말할 거야, 남작이라면."

갑자기 병실이 침묵 속으로 돌아갔다.

학사님의 눈물은 어느새 말라 있었다. 그거면 충분하다.

나는 묵묵히 카르테를 손에 들었다. 가볍게 넘기면서 내일의 예정 테두리 안에 '경과 양호하여 퇴원'이라고 적어 넣었다.

"철벽의 이성을 가진 나조차 과음할 때가 있어. 다행히 길었던 숙취도 깬 것 같군. 내일은 퇴원해도 될 거야."

카르테를 탁 접었다.

"휴식 대신 당당하게 가슴을 펴고 어머님을 한 번 만나러 가는 게 좋을 거야."

학사님은 고개를 숙였다.

"……고맙습니다, 닥터……. 정말……."

그리고 그대로 애처로운 목소리를 쥐어짜냈다.

"어머니는 며칠 전에 돌아가셨습니다."

나는 나 자신의 천박함에 할 말을 잃었다.

세상 천지에 바보도 이런 바보가 없다.

간호사 대기실 한쪽 구석에서, 나는 대낮부터 강제로 스나야마 블렌드를 양동이 하나 가득 마신 것 같은 몹시 불쾌한 얼굴로 머리를 감싸고 있었다.

학사님에게 희사염려(希死念慮, 죽고 싶다는 마음이 생겨나 사라지지 않는 것-옮긴이)를 품게 한 가장 큰 원인은 어머니의 죽음이었다.

마음속으로 아들의 개선(凱旋)을 기다리면서 진상도 모른 채 병상에 쓰러진 어머니. 물론 비밀을 품은 학사님은 병문안을 갈 수가 없었다. 하는 일 없이 시간을 보내는 동안 어머니가 타계하셨다. 자책감에 사로잡힌 학사님은 적어도 장례식에는 오라는 누나의 목소리도 거절하고 우울한 나날을 보내는 사이에 속이 타들어갔으리라. 걱정이 된 누나가 일부러 와준 것이 오히려 학사님의 혹독한 현실을 직시하게 만드는 결과가 되었던 것이다.

그런 것도 모르고 나는 다 안다는 듯이 오만하게 "어머님을 만나러 가는 게 좋을 거야"라고 하다니.

'바보, 바보'라고 머릿속으로 아무리 절규해봤자 내 안의 바보가 채비를 마치고 나가줄 리도 없다.

"아아" 하면서 머리를 쥐어뜯었더니 머리카락이 대여섯 개는 빠졌다. 그중에 세 개는 흰머리이다.

"뭐 하는 거예요?"

언제나처럼 도자이가 등장한다.

이 녀석은 정말이지 놀랄 만큼 부지런하다. 도대체 언제 쉬는 거야?

"보시다시피. 자포자기라는 녀석과 정면으로 대결하는 중이야."

"다치바나 씨 때문이에요?"

"두말할 필요도 없지."

나는 흰머리를 무섭게 노려본 다음 쓰레기통에 던져 넣었다.

학사님을 멋있게 격려하려고 했건만 모르면서 아는 척하는 무지몽매한 사이비 설교사에 그치고 말았다. 정말이지 광대가 따로 없다.

"비웃을 테면 비웃으라고 해."

도자이가 불쑥 내 말을 흉내 냈다. 완전히 남자애 같다.

"나쁘지 않았던 것 같은데요."

"……뭐가 말이야?"

"그러니까 그 말, 나쁘지 않았던 것 같다고요. 선생님의 고풍스러운 말투도 때로 도움이 되나 봐요. 저는 왠지 용기가 났어요."

"자네가 용기를 내봤자 의미가 없어."

"분명히 다치바나 씨도 위로 받았을 거예요. 살짝 빗나가긴 했지만 선생님의 진심은 분명히 전해졌어요."

도자이가 나를 격려하고 있다.

드물게 이런 일도 있는 법이다.

"뭘 노리는 거야?"

"그런 밉살스러운 말만 하지 말고 가끔은 좀 솔직해지세요. 커피 드실래요?"

도자이는 쓴웃음을 지으며 대답도 듣지 않고 머그잔 두 개를 나란히 내려놓았다.

"고맙게 받도록 하지."

오늘만큼은 나도 백기를 들 수밖에 없다.

아즈미 씨가 300호실로 이동했다.

간호사 대기실 저편에 있는 중증 환자용 개인실이다. 요전까지 다가와 씨가 있던 방이다.

다행히도 그 후 큰 하혈은 없었지만 가끔 선혈이 섞인

소변이 나온다. 혈압은 불안정하고 갑자기 안색이 나빠질 때도 있어 갑자기 악화될 위험이 높다고 판단한 결과였다.

아즈미 씨 본인은 별로 달라진 모습을 보이지 않았다. 가끔 휠체어를 타고 담화실까지 나오면 저 멀리 보이는 북알프스를 마주한 채 몇 시간이고 앉아 있다.

"산 좋아하세요?"

갑자기 질문을 던진 나에게 아즈미 씨는 미소 지으며 고개를 끄덕였다.

"죽은 남편이 좋아했거든요. 남편은 아주 호방한 사람이었어요."

그렇게 말하면서 아즈미 씨는 신기한 이야기를 들려주었다.

아즈미 씨는 원래 호타카 깊은 산 속에 있는 작은 마을 출신이었다. 그 마을에서 남편과 만나 결혼하고 살림을 차렸다. 지금으로부터 50년도 더 된 이야기이다.

"아주 가난한 마을이었어요. 땅은 척박하고 개간한 농지에서도 얻을 수 있는 작물이 얼마 되지 않았지요. 특히 겨울철에는 먹을 게 없어서 아이 셋 중에 하나는 굶어 죽곤 했어요."

전쟁 전 신슈의 산촌에서는 드문 이야기가 아니었다고

한다.

"그래도 우리 집은 비교적 커다란 농지를 가진 농가여서 다른 집에 비해 여유가 있는 생활을 할 수 있었어요. 그러던 초가을 어느 날, 곳간에 도둑이 든 거예요."

아즈미 씨의 표정은 어딘가 즐거워 보였다.

나는 말없이 이야기를 들었다.

"같은 부락에 사는, 안면이 있는 남자애였어요. 정말 가난한 집 아이인데, 그해 가을 수확도 뜻대로 되지 않아 병든 아버지와 두 여동생을 끌어안고 어쩔 줄 몰라 하다가 근방에서 가장 수확이 좋았던 우리 집에 숨어들었던 거예요. 100명도 안 되는 작은 마을이니 이 사실이 알려지면 이 아이네 가족은 마을에서 바로 추방당하겠지요. 겨울을 앞두고 집을 잃은 일가의 말로는 눈에 보이듯 뻔해요. 우리에게 발견됐을 때, 그 아이는 그걸 제일 먼저 생각했을 거예요. 그 애는 갑자기 마당으로 튀어나와 무릎을 꿇고 엎드리더니 엄숙하게 단언했지요. '이건 나 혼자 꾸민 일입니다, 부디 가족을 끌어들이지 말아주세요!' 그리고 품속에서 풀 베는 작은 낫을 꺼내더니 '이 자리에서 할복해 사죄하겠습니다'라고 외치더군요. 칼날까지 녹이 슨 무딘 낫이었어요. 그걸론 배는커녕 풀도 못 베겠던데요."

아즈미 씨가 "후후" 하고 웃었다.

이러니저러니 하는 사이에 소동을 들은 옆집 젊은이들 몇 명이 대문 앞에 모습을 보이기 시작했다.

무슨 일이냐고 소리쳐 묻는 젊은이의 목소리가 들려왔다. 소년은 바야흐로 무딘 낫으로 배를 가르려고 하고, 남편은 꼼짝 않고 그 모습을 내려다보았다.

"어떻게 해야 좋을지 몰라서 허둥지둥하는 내 앞에서 남편은 갑자기 큰 소리로 외쳤지요. '아무 일도 아닐세! 술 취한 덴구(얼굴이 붉고 코가 큰 상상의 괴물 - 옮긴이)가 마당을 헤매고 있었을 뿐이야!'라고 말이죠. '술 취한 덴구'랍니다. 지금 생각하면 너무 이상하지만, 그때는 어쩐지 굉장히 설득력이 있었어요."

덴구가 떠났다는 말을 들은 젊은이들이 자리를 떴고, 소년은 어안이 벙벙해 마당에 주저앉았다.

"하지만 깜짝 놀란 건 그 후였어요."

아즈미 씨가 천천히 흐뭇한 미소를 지었다. 기억 저편의 오래된 영화를 떠올리며 즐거워하는 듯했다.

"남편은 그 길로 갑자기 곳간에 들어가더니 쌀가마니를 하나 짊어지고 나와서 그걸 불쑥 남자애 앞에 데구루루 굴리더니 '갖고 가'라고 하는 거예요. 우리가 아무리 여유가

있다고 해도 쌀가마니 하나를 통째로 줘버릴 만큼의 여유
는 없었어요. 그렇게 무리를 하면 초봄까지 고생하게 되는
건 우리인데."

소년은 그저 놀라서 쌀가마와 남편을 번갈아 바라볼 뿐
이었다.

"갖고 가게, 그 정도 기개에 이 가마니 하나가 있다면 겨
울도 무사히 넘길 수 있을 거야. 이미 한 번 버린 목숨이니
굶주림도 추위도 두려울 게 없겠지. 멋지게 가족을 지키는
모습을 보여주게. 남편은 그렇게 자기 말만 하고 집 안으
로 들어갔고 상황은 그걸로 끝이었지요. 이윽고 그 아이는
마당 바닥에 계속 이마를 비비며 몇 번이고 인사와 사죄
를 반복하더니 마지막엔 보는 사람이 불쌍하게 느껴질 정
도로 흐느껴 울었어요. 나는 결국 옆으로 다가가 수건으로
얼굴을 닦아주고 '조심해서 돌아가'라고 했지요."

나는 엉겁결에 웃었다.

아즈미 씨도 즐거운 듯이 어깨를 들썩였다.

"그 애가 떠나고 나서 밥상으로 돌아와보니 남편은 마
치 아무 일도 없었던 것처럼 후루룩 국물을 마시고 있는
거예요. 지금 사건이 전부 꿈이었나, 정말 덴구가 길을 잃
고 헤맸을 뿐인 게 아닐까 싶을 정도로요. 하지만 말이죠."

아즈미 씨는 한 번 말을 끊고, 천천히 숨을 내쉬었다.

나는 귀를 기울이며 다음 말을 기다렸다.

"식사가 끝나고 젓가락을 내려놨을 때 그 사람이 말했어요. '미안'이라고. 딱 한마디, 그 한마디가 깜짝 놀랄 정도로 기뻐서 나는 몇 번이고 고개를 끄덕였지요. 이 사람이 살아가는 방법은 잘못되지 않았다고요. 따라가자고요."

아즈미 씨는 정말 행복해 보이는 얼굴을 하고 있었다. 이런 풍부한 표정을 하는 아즈미 씨를 지켜보는 것은 오랜만이다.

"그 소년의 가족은 어떻게 됐습니까?"

"무사히 겨울을 넘겼다고 해요. 게다가 그 후 그 아이는 자는 시간까지 아껴가며 열심히 일하고 공부한 끝에 버젓이 학교에 갔고 도쿄에서 어엿한 곳에 취직을 했어요. 그 작은 덴구가 어느새 마을에서 가장 출세한 사람이 된 거예요. 멋진 양복을 차려입고 마을에 돌아왔을 때 우리는 정말 놀랐답니다."

나는 갑자기 이해가 갔다.

이것은 회색 신사의 이야기이다. 그 초로의 신사야말로 아즈미 씨가 말하는 작은 덴구 소년임에 틀림없다. 신사는 말했다. "목숨보다 중요한 것을 구해주셨다"고.

"옛날 옛적 산골 마을의 별것 아닌 얘기예요."

아즈미 씨는 장난스러운 웃음을 띠고 이야기를 끝냈다.

나도 웃으며 고개를 끄덕였다.

기분 좋은 이야기이다. 방금 전까지 자기혐오와 격투를 벌였던 것이 거짓말인 양 마음속에는 시원한 바람이 불어왔다.

"아즈미 씨, 고맙습니다."

내 말에 아즈미 씨는 의아한 표정을 지었다.

"어머, 왜 선생님이 감사 인사를 하시는 거예요?"

"하고 싶어서 하는 겁니다. 고마워요, 아즈미 씨."

아즈미 씨는 여전히 어리둥절해했지만, 그래도 뭔가 알아차린 듯 생긋 미소 지었다.

"역시 가는 건가?"

내 목소리에 학사님은 평소의 온화한 미소로 수긍했다.

"쓸쓸해지겠군."

나는 그 이상 아무 말도 하지 않고 묵묵히 들국화방을 한 바퀴 둘러보았다.

무수히 많던 서적들이 대부분 사라지고, 겨우 몇 권의 책과 고이치 와인 두 병만이 텅 빈 책장에 남겨져 있을 뿐이었다. 고이치 와인은 로열 레드와 로열 화이트로, 학사님 비장의 명품이다.

병원에서 돌아온 지 이틀째 밤이다.

학사님은 입원 전과 비교해 특별히 변한 것도 없이 평온한 모습이었지만, 우여곡절 끝에 결국 고향으로 돌아가기로 결정했다.

"내일 아침에 누나가 마중을 옵니다. 오늘이 온타케소에서 보내는 마지막 밤이 되겠군요."

조용한 목소리가 4평짜리 방 구석구석까지 스며들었다. 바닥, 기둥, 천장이 모두 떠나는 주인을 아쉬워하며 그 한마디 한마디에 조용히 귀를 기울이는 듯했다.

말없이 있다 보니 풀 죽은 비애감을 어떻게도 할 수 없었다.

학사님과는 5년을 함께 보냈다. 양쪽 모두에게 파란만장했던 5년이었다. 그동안 쌓아올린 것은 단순한 지기 이상이었다. 맹우라고 해도 좋다. 그 맹우가 그저 조용히, 아무 말 없이 어깨를 내려뜨리고 떠나려고 하고 있다.

내 옆에는 금방이라도 눈물을 흘릴 듯한 아내가 고개를 숙인 채 묵묵히 앉아 있다. 때때로 작게 흐느끼는 것처럼 어깨를 들썩거렸다.

"짧은 만남이었지, 학사님."

이럴 때일수록 내 입에서는 영 제대로 된 말이 나오지 않는다.

나는 쓸데없는 말을 거듭하길 포기하고, 조용히 빛바랜 단행본 한 권을 책상 위에 두었다.

시마자키 도손의 『동트기 전』.

"박식한 학사님에게 줄 책이 좀처럼 없어서 말이야."

"저한테요?"

"읽은 적은 있겠지만."

"꽤 옛날입니다."

학사님의 흰 손이 『동트기 전』의 낡고 붉은 표지에 닿았다. 몇 번을 넘겼는지 알 수 없는 표지이다. 나도 모르는 사이에 손때가 묻고 마모되어 너덜너덜해졌다. 상하권으로 나뉘어 있었을 텐데, 수중에 남은 건 상권뿐이다.

"괴로운 이야기야."

내 말에 학사님이 살짝 고개를 끄덕였다.

"결코 재미있는 이야기도 아니고 기분 좋은 이야기도 아니야. 갈등과 오뇌가 한없이 계속되는 이야기지. 그 괴로운 와중에 조금씩 미래를 개척해가는, 그야말로 착실한 이야기야. 내가 고등학교 시절에 고서점에서 손에 넣은 책이라네. 벽에 부딪혔을 땐 종종 이 책을 펼쳤어. 지금은 내 인생의 '동트기 전'이라고 스스로를 타이르면서."

다소 감상적인 말이다. 하지만 지금 이것이 내가 할 수 있는 전부이다.

"정말 소중한 책이잖아요?"

"제일 싫어하는 책 중에 하나야. 보기도 싫은 책이니 가져가게."

나는 망연한 태도를 무너뜨리지 않고 낡은 뒤표지를 학사님 쪽으로 밀어 보냈다. 학사님은 주저했지만, 내 태도를 보고 더 이상은 사양하지 않았다. 머리를 숙이고 정중히 받아 들었다.

"동이 트지 않는 밤은 없어. 멈추지 않는 비도 없지. 그런 거야, 학사님."

내 말에 학사님은 크게 고개를 끄덕였다.

학사님은 자리에서 일어나 책장의 와인 두 병을 손에 들었다.

"고이치 와인 프리미엄이 있어요. 오늘 밤 함께해주지 않겠습니까, 닥터?"

"물론이지. 혹시 아사마산이 분화한다고 해도, 아니면 고후쿠지(나가노현 마쓰모토시에 있는 사원 – 옮긴이) 대지진이 일어난다고 해도 오늘 밤은 아침까지 이 들국화방에서 대작하기로 하지."

나는 가슴속의 적요함을 떨쳐내듯이 부러 큰 소리로 대답했다.

"그러고 보니 남작은 어떻게 된 거야?"

내 질문에 학사님은 쓸쓸히 고개를 저었다.

그날 병원에서 학사님이 눈을 뜨자마자 한 말에 엄청나게 격노했던 남작은 그 후 소식을 뚝 끊은 채 모습을 보이지 않았다. 도라지방에도 돌아오지 않았다. 아내도 그를 보지 못했다고 한다.

"아쉽습니다. 자업자득이라고 해야 할까요……."

"남작이 어떤 사람인가. 어디선가 명품 스카치라도 발견해서 술로 밤을 새우고 있을 거야. 이승과 마지막으로 작별 인사하는 것도 아니니 걱정하지 말게."

고이치 와인을 땄다.

그러곤 반질반질하게 잘 닦인 세 개의 와인잔에 유유히 따랐다.

황금빛 액체가 형광등 불빛 아래 반짝반짝 빛났다.

이윽고 쨍, 하고 잔을 부딪치며 우리는 이별의 주연(酒宴)을 시작했다.

잔을 거듭하며 철학을 이야기하고, 「황학루」(黄鹤楼, 중국 시인 최호의 명시 - 옮긴이)를 소리 내어 읊고, 적요함을 발산하면서 밤은 점점 더 깊어갔다. 아내는 우리를 배려해 도중에 조용히 자리를 떴다.

남은 것은 오로지 두 사람만의 연회였다.

학사님이 니체의 『서광』을 이야기하고, 『선악의 피안』을 논했다. 그럼, 하고 나는 『풀베개』를 처음부터 암송했다.

이치도 없고 논리도 없다. 시간만이 있다.

한 병이 비고, 두 병이 비었다.

문득 정신을 차리고 보니 학사님이 울고 있었다.

그러고 보니 나도 울고 있었다.

비웃을 테면 비웃으라고 해. 요령이 없는 우리는 이렇게라도 조금씩 전진하는 것이다.

시간의 흐름을 잊었을 때쯤 우리는 잠이 들었다.

눈을 떴다.

아침이다.

가슴이 철렁해 들국화방을 둘러보니 한쪽 구석에 학사님이 잠들어 있다. 일단 안도의 한숨이 새어나왔다.

방 안인데도 입김이 하얗다. 이제 겨울이다.

나는 천천히 일어나 조용히 장지문을 열고 복도로 나갔다. 그러고는 입이 딱 벌어졌다.

적어도 3초는 말문이 막힌 채 가만히 서 있었던 것 같다.

"하, 학사님……!"

겨우 짜낸 내 목소리가 멍청하리만큼 갈라져 나왔다.

학사님은 내 목소리에 이끌려 복도로 나왔다가 아, 하고 작게 외마디 소리를 질렀다.

벚꽃이 만개해 있었다.

시선이 닿는 곳은 전부 벚꽃으로 채워져 있었다.

벽, 마루, 천장 할 것 없이 모든 곳에 만개한 벚꽃 그림이 그려져 있었던 것이다.

양쪽 벽에는 끝없이 이어지는 벚꽃 가로수길. 천장에는 너울거리는 무수한 꽃잎, 마루에는 떨어져 쌓인 연분홍빛 꽃잎……. 복숭아색, 패랭이꽃색, 석죽색, 천변만화(千變萬化)하게 변하고 시드는 벚꽃 정원, 거기에 한 차례 바람이 지나가면 획 하고 날아올라 시야를 물들이는 연분홍색 벚꽃, 그 순간을 절묘하게 포착한 절경이었다.

눈앞의 모든 것이 꿈결 같았다.

어젯밤까지 먼지투성이였던 지저분한 복도가 지금은 축복의 벚꽃길이 되어 현관까지 이어져 있었다.

겨우 내디딘 학사님의 발걸음이 비틀거리는 것은 숙취 탓이 아니다. 믿기 힘든 광경에 비틀거리고 있는 것이다.

　천천히 복도를 걸어가다가 중간쯤에 있는 계단 앞에서 멈춰 섰다.

　낡은 계단 아래 온몸이 물감투성이가 되어 담요를 뒤집 어쓴 채 잠들어 있는 남작의 모습이 보였다. 그 옆에는 아내까지 이마에 물감을 묻히고 쌔근쌔근 잠들어 있었다.

　"남작……."

　학사님의 목소리가 떨렸다.

　"남작."

　한 번 더 불렀을 때 남작은 잠이 미처 덜 깬 눈을 떴다.

　"아, 벌써 아침인가?"

　"아침이에요…… 남작."

　"어떻게든 시간엔 맞춘 것 같군."

　담요를 뒤집어쓴 채 남작은 히죽 웃었다.

　"출발에는 벚꽃이 제격이지?"

　남작은 역시 천재 화가였다.

　온타케소 앞에 차가 멈추는 소리가 들렸다.

　내가 현관으로 나가 문을 열었더니 매화 고목 바로 아래

하얀 경차가 세워져 있는 게 보였다. 운전석에 있는 사람
은 학사님의 누님이었다.

"데리러 오셨어."

돌아보며 말하는 내게 학사님이 작게 고개를 끄덕였다.
그 표정은 약간 굳어 있었다.

어느새 일어난 아내가 들국화방까지 쿵쿵거리며 뛰어가
학사님의 얼마 안 되는 짐을 갖고 나왔다.

학사님이 "고마워요"라며 짐을 받아 들고, 아내는 소리
도 없이 두세 번 고개를 저었다.

아내도 남작과 마찬가지로 머리에서부터 발끝까지 물감
으로 뒤범벅되어 있었다. 한밤중에 들국화방을 나온 아내
는 복도에서 고군분투하고 있던 남작을 발견했던 것이다.
친구를 위해 분투하는 지기를 보고 혼자 자리를 뜰 아내가
아니었다. 즉시 물감을 녹이고 물을 떠오는 등, 크게 활약
했을 것이다.

남작과 아내가 완성한 벚나무 가로수를 학사님은 가늘
게 뜬 눈으로 빙 둘러보았다. 그 눈에 넘쳐흐르는 것은 말
로는 다할 수 없는 만감이었다.

이윽고 천천히 걷기 시작했다.

갑자기 남작이 소리쳤다.

"넌 실패한 게 아니라 새롭게 출발하는 거야, 학사님!"

순간 발을 멈춘 학사님에게 남작이 또 말했다.

"이 일보는 앞으로 가는 첫걸음이야. 전진하는 거야. 이 건 그걸 위한 꽃길이다. 절대 잊으면 안 돼!"

남작의 눈에 눈물이 흘러넘쳤다. 눈물이 핑크색 물감과 섞여 얼굴이 온통 말이 아니다.

학사님이 멈춰 설 것 같은 발을 열심히 앞으로 옮겼다. 복도, 현관, 그리고 밖으로.

우리 세 사람은 모두 길가로 나왔다.

새벽의 마을은 아직 조용했다. 아침 안개가 잔뜩 낀 길 저편은 아득해서 보이지 않았다.

도로에 주차된 흰색 라팡이 안개 속에서 초조한 듯이 멈 춰 서 있었다.

"언제든지 돌아와. 들국화방은 꼭 비워둘게!"

내가 소리쳤다. 집주인의 허가는 받지 않았다. 하지만 알게 뭐람. 이미 셋집 벽을 벚꽃으로 채워버렸다. 이제 와 서 두려워할 게 뭐가 있겠는가.

차에 타기 직전, 학사님이 우리를 보았다.

울고 있었다.

남자가 감정에 복받쳐 울고 있었다.

이렇게 뚝뚝 눈물을 흘리는 학사님을 본 것은 난생처음이었다.

"……꼭……."

울음 섞인 목소리가 이른 아침 길가에서 끊겼다.

하늘에서 하얀 것이 너풀거리며 내려왔다.

눈이다!

"눈이다!"

남작이 소리쳤다.

"봐, 하늘까지 너를 축복하고 있어. 벚꽃과 눈이 함께하는 출발이야!"

이제 뭐가 뭔지 알 수 없게 된 남작이 얼굴을 찡그리며 외쳤다.

학사님이 차에 타자 시동이 걸렸다. 누님이 살짝 머리를 숙이는 것처럼 보였다.

갑자기 아내가 눈물을 뿌리치면서 투명한 목소리를 높였다.

"만세를 외치겠습니다!"

말하자마자 갑자기 양손을 들어 "만세"라고 소리쳤다.

그 충동은 나도 금세 이해할 수 있었다.

달리 우리가 뭘 할 수 있겠는가. 우리는 그저 떠나가는 친구에게 뭔가 보내고 싶었던 것이다.

건강하게, 살아서 돌아오라고.

그것이 비록 느리고 더딘 전진이라도, 우리는 소리 높여 쾌재를 부를 것이다.

남작이 외쳤다.

"만세!"

나도 양손을 치켜들었다.

"만세!"

개를 산책시키던 젊은 여성이 깜짝 놀라 우리를 돌아보았다.

무슨 상관인가.

"만세!"

이른 아침 눈이 오는 길 위에서 세 사람이 한목소리로 여행을 떠나는 친구를 위해 소리쳤다.

"만세! 만세! 만세!"

눈 속에 녹아들어가듯이 학사님을 태운 하얀 자동차가 떠나갔다.

제3장

천국에서
온 편지

불현듯 떠올랐다.

어릴 적에 읽었던 것 중에 마음에 남는 단편이 있다.

절에서 불사(佛師, 불상을 만드는 사람 – 옮긴이)가 인왕을 조각하는 이야기이다. 불사는 정을 사용하면 그야말로 손쉽게, 한 번씩 칠 때마다 순식간에 눈썹과 코가 생겨났다.

구경꾼이 그 솜씨에 경탄하자 다른 젊은이가 다음과 같은 말을 한다.

"저건 나무에 인왕을 새겨 넣는 게 아니야. 처음부터 나무 속에 묻혀 있던 인왕을 파내는 것에 불과한 거야."

신기한 말이다.

흙에 묻힌 돌을 파내는 것과 같기 때문에 잘못될 일도

없다는 것이다.

어린 마음에도 어이가 없어서 나중에 몇 번씩 다시 읽었던 기억이 떠올랐다.

생각해보면 내가 하는 일 역시 마찬가지일지도 모른다.

약물이나 항생제 등을 이용해 끊어지는 목숨을 연장한다는 것은 사실 오만한 일이다. 원래 수명은 인간의 지혜를 벗어난 영역이다. 처음부터 운명은 정해져 있다. 흙에 묻힌 정해진 운명을 파내어 빛을 비추고 좀 더 나은 임종을 만들어간다. 의사란 그런 존재가 아닐까.

다소 무력하게 들릴지도 모르겠다. 하지만 내 안에 그런 생각을 긍정하게 만드는 강력한 무언가가 있는 것도 사실이다.

돌아가신 다가와 씨의 가족이 인사하러 나타났을 때 나는 그런 생각을 했다.

"이제 겨우 추스르고 인사하러 찾아왔습니다."

다가와 씨의 아들 부부는 개운한 모습으로 머리를 숙여 보였다.

세상을 떠나기까지 마지막 일주일, 지칠 대로 지쳐 초췌했던 두 사람은 마치 마귀에서 벗어난 것처럼 부드러운 표정이었다.

"아버지께서도 종종 선생님과 만나게 돼서 다행이었다고 말씀하셨습니다."

그런 이야기는 들은 적이 없다. 하지만 사소한 일에 얽매이지 않는 게 좋겠지.

단지 돌아가시기 이틀 전에 다가와 씨가 보여주었던 온화한 미소는 시간이 흐르면서 더욱 선명해졌다. 바쁜 와중에 버려졌던 작은 기억들이 시간이라는 화학 변화를 거치며 좀 더 선명한 색채를 띠고 떠오르기 시작한다.

이 가슴 따뜻한 기억이야말로 우리가 의학이라는 이름의 정과 망치를 사용해 병마라는 흙에서 파낸 생명의 형상이 아닌가 싶다.

나는 가슴속에 선명하게 떠오르는 다가와 씨의 주름투성이 미소를 떠올리며 쓴웃음을 지을 수밖에 없었다.

살아 있을 때는 왠지 몽롱하고 손이 닿지 않는 곳에 있던 것이, 세상을 떠나자마자 선명한 윤곽과 함께 가까이 다가오다니, 신도 참 얄궂다.

몇 번씩 머리를 숙이는 아들 부부를 배웅할 겸 병원 주차장까지 나가보았다.

신슈의 음력 섣달 바깥 공기는 엄청나게 차갑다.

아직 해가 지기 전이지만 기온은 이미 영하일 것이다.

얼어붙은 돌풍이 왕래가 끊긴 도로를 스치고 지나갔다. 인도를 걷던 작은 체구의 남성은 일순 얼어붙은 것처럼 멈추었다가 바람이 그치자 재빨리 걸어갔다.

흘끗 시계를 보았다. 오후 5시 반. 마침 당직대를 바꿀 시간이다. 그렇게 생각한 순간 병원 내 PHS가 울렸다.

"구리하라 선생님, 안녕하세요."

응급실의 도무라 간호부장이다.

"오늘 당직이시죠?"

"본의는 아니지만 당직입니다."

일순 도무라 씨의 쓴웃음이 들렸다.

"그럼 잘 부탁해요. 벌써 응급실은 펑크 직전이니까."

시원시원한 목소리가 이어지다 전화는 뚝 끊겼다.

아이고, 하고 내쉰 한숨이 깜짝 놀랄 만큼 하얗다.

피로가 쌓이면서 내가 내뱉은 이 하얀 안개에 싸여 이대로 가야 할 길을 잃어버리는 게 아닐까 하는 심약한 망상이 피어오른다.

뭐, 그래도 상관없다. 땅에 묻힌 생명을 향해 정을 대고 쇠망치를 두드리며 빛을 비추는 게 우리의 역할이라면, 오늘도 오로지 한마음으로 쇠망치를 휘두를 뿐이다.

부랴부랴 응급실에 와보니 그곳에는 이미 적의 본대가 도착해 있었다.

이 시기에 남녀노소를 불문하고 닥치는 대로 감염시켜 대량의 환자를 양산하는 가공할 만한 적. 즉 독감이다.

대합실은 차마 눈뜨고 볼 수 없을 만큼 수많은 환자로 넘쳐나고 있었다.

환자들은 마스크를 쓴 채 기침을 해대며 열로 신음하고, 애들은 울고, 노인들은 앉아 있을 수도 없어 바닥에 누워 있는 사람도 있다. 빠르게 지나가는 사람, 가족을 염려해 말을 거는 사람, 진찰은 아직 멀었느냐며 접수대에 짜증 섞인 목소리를 내는 사람……

그곳은 마치 전장을 탈출하는 난민선의 양상을 띠고 있다. 한숨을 내쉬며 간호사 대기실로 훌쩍 들어간 나는 오히려 외부인처럼 붕 떠 있다.

오늘 당직 레지던트는 예의 똥 선생과 된장 선생이다.

"어쨌든 타미플루를 쉽게 처방하지 말고, 노인 독감 환자에는 주의할 것."

이렇게 엄명을 내리고 진찰에 내보냈다.

'레지던트가 진찰을 하고 약을 내주어도 괜찮은가?'라고 묻는 이가 있다면 괜찮지 않다고 대답할 수밖에 없다.

더 정확히 말하면 상급 의사가 확실히 관리하고 하나하나 지시를 재확인해야 한다. 그러나 그런 여유가 허락되지 않는 것이 신슈 의료의 현실이다.

베테랑 의사가 많고, 식사할 시간이 있고, 밤에 일한 만큼 낮에 잘 수 있다면 얼마든지 일하려고 할 것이다. 하지만 현실적으로는 이 중 어느 하나도 해결되어 있지 않다. 베테랑 의사는 적고, 식사할 틈도 없고, 낮이고 밤이고 잘 수가 없다. 그런 상황을 레지던트들의 힘을 빌려 겨우 헤쳐나가고 있는 것이다. 아무리 정론을 쏟아붙인다고 해도 우리는 그저 한 사람의 환자라도 더 구하기 위해 '그나마 나은' 선택지를 고를 뿐이다.

그저 100년 후에는 이 중에 한 가지라도 해결되어 있길 바란다.

"도무라 씨, 간호사에게도 주의를 주세요. 중증으로 보이는 고령의 독감 환자는 쉽게 돌려보내지 말라고요."

그렇게만 일러두고 나도 최전선에 참전했다.

대량의 독감 환자가 있는 응급 외래를 소화할 때 주의해야 할 점은 중증 독감을 놓치지 않는 것, 독감이 아닌 질환을 정확하게 진단하는 것이다. 독감 신속 검사 등을 참고하긴 하지만 그 이상 도움이 되진 않는다.

결국 새벽 3시까지 의사 셋이서 도합 50명 이상을 진찰하고, 폐렴 환자 세 명과 심장 기능 상실 환자 한 명을 입원시켰다.

대합실 환자도 겨우 줄어들어 젊은이들 몇몇만 기다리는 것을 확인하고 한숨 돌렸다. 자동판매기에서 캔 커피를 뽑아 산책 겸 병원 현관 앞까지 나가보았다.

밖으로 나가니 어느새 눈이 내리고 있었다.

이 마을의 겨울은 무서울 정도로 춥지만 강설량은 의외로 적다. 오히려 눈이 오는 날은 그나마 포근한 날이라고 할 정도이다. 따뜻한 캔 커피를 꼭 움켜쥔 채, 쥐 죽은 듯 고요해진 거리를 바라보았다. 심야의 마을에 소리도 없이 줄기차게 내리는 눈이 병원 조명을 받아 반짝반짝 빛나고 있었다. 살벌한 응급 외래의 공기를 순간적이나마 잊어버릴 정도로 환상적이다.

서쪽 지방 출신인 나에게 눈은 비일상적이며 신비로운 매력이 넘쳤다. 어릴 적에는 이따금 내리는 눈을 보는 것만으로도 괜히 마음이 들뜨곤 했다. 신슈로 이사 온 학생 시절에도 눈은 좋았다. 그러나 의사가 되고 나서부터는 대번에 눈이 싫어졌다.

눈이 오면 교통사고가 늘어나기 때문이다.

담배를 한 대 피우는데 병원 내 PHS가 울렸다.

"구리하라 선생님, 수고 많으십니다. 158번 국도에서 눈길 미끄러짐 사고. 구급차 두 대, 20분 후에 도착합니다."

눈이 신속하게 은총을 내려주셨다. 눈물이 난다.

"잠깐 커피 마실 시간 정도는 있겠지?"

"문제없어요. 모처럼 마시는 건데 두 잔 정도 마시고 오세요."

도무라 간호부장의 목소리에 씁쓸한 웃음이 섞여 있다.

나는 다소 자포자기하는 투로 대답했다.

"지금까지 함께 당직에 들어가서 잘 수 있었던 적이 없었는데……."

"그건 내가 할 말이에요, 구리하라 선생님. '환자를 끌어당기는 구리하라' 전설이 갱신됐네요."

웃음소리와 함께 전화가 끊어졌다.

나는 크게 심호흡을 하며 신선한 바깥 공기로 충분히 폐를 씻어낸 뒤 몸을 돌렸다.

당직날 밤부터 내리기 시작한 눈은 다음 날 밤까지 계속 내렸다. 어느새 보도는 완전히 눈에 파묻혀 차도의 바퀴 자국마저 새하얘졌다.

"이야, 올해는 눈이 많이 오네요……."

늙은 여우 선생님이 평소처럼 창백한 얼굴로 창밖을 바라보고 있었다.

눈 탓일까, 밤인데도 마을 전체가 훤해 보인다. 의국 창문으로 병원 정문 현관이 내려다보이는데, 그곳에서는 서너 명의 사무국 직원들이 열심히 눈을 치우고 있었다. 당분간은 어깨 결림이나 근육통에 시달리는 직원들이 많아질 것 같다.

"내일 최고 기온은 섭씨 1도라고 합니다. 쌓인 눈은 쉽게 녹을 것 같지 않네요……. 그런데 찾아온 용건이 뭐였지요, 구리하라 군?"

가볍게 몸을 돌리며 늙은 여우 선생님이 미소 지었다.

나는 갖고 있던 엽서를 책상 위에 놓았다.

"묘한 걸 받았는데요, 선생님께서 배려해주신 겁니까?"

엽서는 시나노대학 의학부 소화기내과에서 내 앞으로 보낸 것이다.

다음 주 수요일 오후 2시 내과 의국에서 기다리고 있겠습니다, 라고.

"의국에서 대학병원 견학 안내가 왔습니다. 다음 주에 오라고요. 하지만 저는 마음에 짚이는 구석이 없어서요."

"제가 준비했습니다."

늙은 여우 선생님이 생긋 웃었다.

"부탁드린 기억이 없는데요……."

"상관없이 제가 준비했어요."

나는 가만히 선생님의 얼굴을 응시했다. 그러나 흐뭇하게 미소 짓는 늙은 여우 선생님의 표정에서는 안색이 나쁘다는 것 외엔 아무것도 읽어낼 수 없었다.

내년에 대학병원으로 갈지에 대해서는 확실한 결론이 나지 않았다. 굳이 말하자면 생각을 멈추고 결론을 뒤로 미뤄둔 상태이긴 했다. 확실히 빨리 결론을 낼 필요가 있긴 했지만, 그렇다고 해도 이건 본인의 판단을 도외시한 갑작스러운 일이다.

"의국에 가라고 하시는 겁니까?"

"그런 건 전혀 아닙니다."

늙은 여우 선생님은 불안한 걸음걸이로 긴 탁자까지 걸어가더니 위태로운 손놀림으로 컵을 두 개 꺼내서 커피를 타기 시작했다.

왕너구리 선생님은 원래 무슨 생각을 하는지 알 수 없는 너구리 같은 면이 있지만, 늙은 여우 선생님 역시 훌륭하게 여우 행세를 한다. 항상 의미가 불분명한 지점에서 강

속구를 던져 넣는 왕너구리 선생님에 비해, 늙은 여우 선생님은 변화구 전문이라는 차이가 있긴 하다. 그러나 둘 다 잡기 힘든 공이라는 사실에는 변함이 없다.

"의국은 혹독한 곳입니다." 늙은 여우 선생님이 슬픈 표정을 지으며 말을 이었다. "의사가 스스로 채혈을 해야 하고 갑자기 산골 병원으로 좌천될 수도 있어요. 논문을 쓰거나 시험관을 흔들면서 차분하게 환자와 시간을 가질 수 없을 때도 많습니다."

그러고는 "아아, 너무해……"라면서 뜻 모를 말을 중얼거렸다.

드디어 무사히 커피를 타서 나에게 건네주었다.

"그러니 한번 보고 오세요."

목소리는 가냘프지만, 그 속에는 한 줄기 팽팽한 긴장감이 있었다.

"며칠이면 됩니다. 한번 눈으로 직접 보고 나서 결정하세요. 의국이 아무리 기묘한 조직이라고는 해도 그 덕에 성립하는 의료가 분명히 존재하고, 그 덕에 살아나는 사람들이 분명히 있습니다. 구리하라 군이 의국에 들어가야 하는지 난 모르겠지만, 천천히 보고 올 기회를 만들어줄 수는 있어요."

흔들거리는 오른손 손가락 두 개를 힘껏 치켜세웠다.

"이틀 동안 쉴 수 있도록 해두었습니다. 대학병원을 보고 오세요."

늙은 여우 선생님이 싱긋 웃었다.

"어머, 대학병원요?"

신기한 듯한 얼굴로 아내가 소리쳤다.

예의 아내는 커피 준비에 착수했다. 빨간색 커피포트 로고가 찍힌 봉지에서 커피 그라인더로 능숙하게 콩을 옮겨 담고 시원한 소리를 내며 갈기 시작한다. 방 안 가득 기분 좋은 향기가 퍼졌다.

"늙은 여우 선생님의 배려야. 무슨 생각인지는 도통 모르겠지만."

"왕너구리 선생님은 뭐라고 하세요?"

"그것도 잘 모르겠어."

그 후 왕너구리 선생님에게 이틀간의 휴가에 대해 확인하면서 그 진의를 캐봤지만, 평소와 다름없이 훌륭한 너구리 기질을 발휘해 날 현혹시켰다.

"대학병원? 시시한 곳이지. 제대로 보고 와."

히죽 웃으며 그렇게 이야기했을 뿐이다.

"내년에는 대학에 가는 게 좋을까요?"라고 물어봤지만, "구리 짱, 대학으로 가는 거야? 쓸쓸하겠네, 아아 쓸쓸하겠어"라고 연이어 외치면서 어딘가로 가버렸다.

"하지만 보고 오는 건 확실히 중요한 일인 거죠? 한번 보고, 그러고 나서 결정하면 되잖아요?"

갈아놓은 커피콩을 익숙한 솜씨로 플란넬 필터에 얹고, 콘센트에 연결해둔 전기 포트를 손으로 잡았다. 익숙한 일이다.

온타케소는 공동 부엌이라 물이 필요한 경우에는 1층까지 가야 하는데, 이런 준비를 쥐도 새도 모르게 해내는 아내의 솜씨는 정말 훌륭하다고 할 수 있다. 내가 혼자 살았을 때는 벚꽃방에서 커피를 마실 수 있다는 생각은 하지도 않았다.

아내가 가져온 포트가 이윽고 천천히 원을 그리듯이 움직이기 시작하자 콜콜, 하는 기분 좋은 소리가 방 안에 울렸다.

"귀찮은 얘기야. 내버려두면 아무 생각 없이 아득바득 일할 수 있을 텐데 말이야."

"모두 이치 씨에게 기대를 걸고 있는 거예요. 감사한 일이죠."

"하루는 항상 긍정적이군."

인생의 갈림길은 언제나 갑자기 눈앞에 나타나 사람을 동요시킨다.

보통 젊은 의사라면 누구나 최첨단 의료를 배우러 기꺼이 대학병원에 가는 것일까? 그렇다면 아무 느낌 없이 묵묵히 생각에 잠겨 있는 나라는 인간은 도대체 어디로 갈 생각인 것일까? 처음부터 사람이 많은 환경을 피해 모두가 만류하는 무법자의 길을 걸어온 나이지만, 그렇다고 따로 명확한 목표가 있는 것도 아니다.

온타케소에 산 지 벌써 5년. 하루와 만난 지 3년이 지났고, 결혼한 지도 벌써 1년이 지났다. 언제까지고 계속 살수 있는 환경은 아니지만, 그렇다고 해서 내가 무엇을 이루어야 할지 결론을 내린 것도 아니다. 아직 미래는 망양한 안개에 둘러싸인 채 불투명하다.

맙소사……

중얼거리며 벌렁 누웠다.

문득 방 한쪽 구석에 한 장의 수채화가 걸려 있는 것을 깨달았다. 가미코치의 갓파바시(물의 정령인 갓파가 나온다는 다리 - 옮긴이)를 그린 엷은 색조의 수채화이다. 갓파바시는 봄여름의 색채가 풍부한 시기, 또는 한겨울 설경을 그린 그림이 많은데, 이 그림은 초가을의 쓸쓸한 풍경을 담고 있다. 화려하지 않고 윤곽을 파악하기 어려운 그림인데, 그 적막함은 보는 이를 매료시키는 존재감을 갖고 있다.

내 시선을 눈치챈 아내가 컵에 커피를 따르며 대답했다.

"신기한 그림이죠? 남작님이 그린 거예요."

"남작이?"

나는 일어나서 방금 탄 커피에 우유를 따랐다.

이것을 사도(邪道)라 칭하는 커피 마니아들도 있지만, 결코 그렇지 않다. 오히려 나는 좋아서 우유를 첨가하는 사람이다. 특히 이노다 커피의 아라비안 펄에는 우유를 듬뿍 넣는 게 제일 잘 어울린다.

"며칠 전에 막 완성된 그림이라는데, 왠지 마음에 들어서 샀어요."

"오호, 남작에게 그림을 샀어?"

"20엔에요."

20엔?

눈살을 찌푸리는 나에게 아내는 고개를 끄덕였다.

"아직 배우는 과정이니까 20엔이면 충분하대요. 10년 후에는 20만 엔이 될 그림이라고 하더군요."

"남작답군."

나는 컵을 들고 그림 앞에 섰다.

매우 조용한 그림이다.

초가을의 갓파바시. 꽃은 지고 나무는 추위에 얼어붙은 것처럼 딱딱하게 멈춰 서 있다. 아직 완전히 눈에 파묻히기 전으로, 곳곳에 황량한 흙덩이가 얼굴을 내밀고 있다. 멀리 호타카 연봉(連峰) 등산로에 점점이 보이는 것은 동물의 발자국인 듯하다.

이 적막한 고요함은 어쩌면 학사님이 없어진 외로움의 표현일지도 모른다. 학사님과 보낸 시간은 나보다 남작이 훨씬 길다. 그 시간은 자신의 미래를 모색하는 고뇌의 날들이기도 했을 것이다. 비록 나아갈 길이 다르다고 해도, 두 사람은 서로 같은 고뇌를 나눈 맹우였다.

그 맹우가 사라진 지금, 남작은 한층 더 그림에 전념하게 되었다.

문득 중요한 일이 떠올랐다.

"분메이도(文明堂)가 뭔지 알아?"

내 갑작스러운 질문에 아내는 조금 의아한 듯이 고개를 갸우뚱거린 뒤, "3시의 간식은 분메이도♪"라고 가락을 붙여 노래하기 시작했다.

"이 분메이도 말이에요?"

잘은 모르지만, 간호사들도 이와 똑같은 묘한 노래를 불렀다. 그게 맞는 것 같다.

역사가 오래된 유명한 양과자점이라고 한다.

"간토 지방 쪽에서 유명한 가게예요. 서쪽 지방 출신인 이치 씨는 모를 수도 있겠네요."

"카스텔라가 유명한가?"

"그렇게 들었어요."

분메이도 카스텔라가 먹고 싶다.

며칠 전에 아즈미 씨가 그런 말을 했다.

아즈미 씨는 최근에도 단속적으로 하혈이 계속되는 상태로 식사 제한을 하고 있다. 그러나 음식을 먹는다는 행위는 때로 약물 이상으로 환자에게 활력을 불어넣어줄 때가 있다. 하혈량이 적은 것 같으면 소량의 경구 섭취를 재개해볼까 싶어서 뭔가 먹고 싶은 게 있느냐고 물었을 때, 아즈미 씨는 조심스럽게 그 이름을 입에 올렸다. 벌써 수년 전 도쿄에 갔을 때, 건강했던 남편과 둘이서 먹은 그 맛을 잊을 수가 없다고 한다.

"이 마을에서 구할 수 있을까?"

많은 걸 묻지 않아도 아내는 금세 이해하고 고개를 끄덕였다.

"찾아볼게요."

방긋 미소 짓는 이 얼굴에 나는 항상 위로를 받는다.

이틀의 휴가를 얻어 대학병원을 찾았다.

날이 갈수록 얼어붙을 것 같은 냉기가 기세를 더하는 12월 중순이었다.

역 앞 큰길에서 북쪽으로 2킬로미터쯤 느긋하게 올라가 주택가를 빠져나가면 갑자기 주변과 어울리지 않을 정도로 훌륭한 건물들이 보이기 시작한다. 시나노대학이다. 이 광대한 시나노대학 부지의 남쪽 일대가 부속병원으로 기능하고 있다.

시나노대학 부속병원은 600개가 넘는 병상을 가진 병원으로, 병상 수만 해도 혼조병원보다 50퍼센트가 많다. 다양한 시설을 갖춘 건물은 거대하고, 또 이 부지 안에는 1,000명에 가까운 의사가 있다. 의사 과밀 상태이긴 하지만, 의료뿐만 아니라 연구, 교육의 역할까지 수행하는 이상, 사람은 몇 명이 있어도 부족할 것이다.

나를 안내해준 사람은 온화한 풍모의 의국장이었다. 나 같은 재야 떠돌이 의사 입장에서 보면 구름 위의 인물이기 때문에 운상(雲上) 선생님이라고 부르겠다. 키가 크고 어깨가 넓은 양반으로, 눈가에 부드러운 빛이 있다. 예상했던 것 같은 위압감이나 압박감과는 거리가 멀고 목소리는 따뜻하다.

"혼조병원 같은 제일선 병원과는 완전히 역할이 다르니까요, 꼼꼼하게 보고 가세요."

어쩐지 각오만 앞서 있던 나는 운상 선생님의 독실한 미소 앞에서 맥이 빠진 듯 그저 고개를 끄덕일 뿐이었다.

운상 선생님의 말씀대로, 병원 안에는 내가 일찍이 경험해보지 못한 세계가 펼쳐져 있었다.

소화기내과는 대여섯 명의 의사가 한 팀을 구성하고, 그런 팀이 여럿 있다. 한 팀이 대여섯 명의 환자를 담당해 한 사람 한 사람의 증례를 팀 내 의사끼리 몇 번에 걸쳐 논의한 뒤 치료 방침을 결정할 뿐만 아니라, 그 근거로 실제 상세한 데이터가 요구된다. 본 적도 없는 최신 검사 장비를 갖추고 있고, 경우에 따라서는 몇 시간씩 걸리는 검사에 서너 명의 의사가 붙어 있다. 혼자서 40명을 진찰하고, 오로지 내시경 검사를 행하며, 정신이 들고 보니 5년이 지났다는 그런 혼돈 양상은 전혀 없다.

시간의 흐름이 다르다는 건 이런 것이리라.

"혼조병원 같은 곳에서 수업을 쌓는 것도 중요하지만,

이런 곳에서 몇 년 일하면 기술이 훨씬 향상됩니다. 구리하라 씨도 한번 경험하러 오시는 게 좋을 겁니다."

운상 선생님은 나를 향해 부드럽게 미소 지었다.

나는 현란한 대학 기구의 위용에 그저 현기증이 날 뿐이었다. 결론 같은 것은 낼 수도 없었다.

"어땠나?"

대학병원에서 돌아오자마자 왕너구리 선생님에게 들은 첫마디였다.

왕너구리 선생님은 심야 병동에서 혼자 전자 카르테를 입력하고 있었다. 키보드를 노려보면서 검지 두 개로 탁탁 소리를 내며 치고 있다. 내가 없는 동안 이렇게 40명분의 카르테를 채우고 있었던 것 같다. 끝이 없는 작업이다.

"어땠냐고 물으셔도⋯⋯."

"대학이란 게 묘한 곳이지."

"묘하다면 묘하지요. 어쨌든 많은 사람이 있었습니다."

"많은 의사가 적은 환자를 본다. 터무니없는 돈을 내고 터무니없는 기계를 사서 터무니없는 검사를 하지. 그게 최첨단 의료라는 놈이야."

무슨 말이 하고 싶은 것인지 잘 모르겠다.

"하고 싶어졌나, 최첨단?"

"흥미가 없다면 거짓말입니다."

"하긴 그렇겠지. 구리 짱이라면 대학에 가도 충분히 가치 있는 공부를 할 수 있을 거야."

"추천하시는 겁니까?"

"아니."

왕너구리 선생님은 탁탁거리며 키보드를 실컷 치고 난 뒤 모니터를 올려다보더니 할 말을 잃었다. 아무래도 도중에 잘못 입력한 것을 알아채지 못하고 그대로 계속했던 듯하다. 혀를 차며 전부 삭제한다. 정말이지 끝이 없는 작업이다.

나는 한숨을 한 번 쉬고 옆으로 끼어들어 키보드를 가로채 카르테를 기입하기 시작했다. 기다리다가는 날이 샐 것이다.

내가 키보드를 보지 않고 입력하는 모습을 보고 왕너구리 선생님은 개탄했다.

"이거야 원, 세상은 나날이 진보하는군. 내가 태어났을 때만 해도 컴퓨터는 있지도 않았는데, 이제는 카르테까지 전부 컴퓨터야. 클릭이니 드래그(drag)니, 아무리 공부해도 따라갈 수 없어. 하지만 클릭은 서툴러도 드러그(drug,

드래그와 일본어 표기가 같다 – 옮긴이)는 우리 전문 영역인
가. 아하하하……."

잠시 침묵이 흘렀다. 쥐 죽은 듯이 조용한 병동에 키보
드를 치는 소리만이 무정하게 울리고 있었다. 인적 없는
심야 병동이다. 내가 받아쳐주지 않으면 왕너구리 선생님
이 혼신의 힘을 기울인 시시한 익살도 그저 침묵을 더하는
효과를 낼 뿐이다.

일단 왕너구리 선생님은 혼자서 한 번 더 크게 웃더니
조금 쓸쓸한 듯이 내 얼굴을 바라보았다. 이때는 무시하는
게 제일이다.

아무 일도 없었던 것처럼 대답했다.

"괜찮습니다. 선생님은 더 중요한 일을 하세요. 카르테
같은 건 제가 채워두겠습니다. 혼자서 전부 다 할 필요는
없겠죠. 사람에게는 각자 맞는 일과 안 맞는 일이 있으니
까요."

약간의 야유를 담아 한 말에 왕너구리 선생님은 갑자기
조용해졌다. 힐끗 곁눈질로 보니 무슨 이유에서인지 히죽
히죽 웃고 있다.

"왜 그러십니까?"

"알고 있군."

"뭘 말입니까?"

"'맞는 일과 안 맞는 일' 말이야."

왕너구리 선생님은 갑자기 자신의 자랑인 올챙이배를 팡팡 두드리기 시작했다. 이는 기분이 좋을 때 하는 행동이다.

"의사에게도 맞는 일과 안 맞는 일이 있어. 최첨단 의료에서 일반 의료까지 혼자서 전부 다 할 필요는 없잖아?"

"……."

"그렇지 않아도 의사가 부족한 세상이야. 그런데 모두가 최첨단 의료에 전념하면 누가 서민 마을의 노인들을 간병하겠나? 우리는 그걸 하고 있는 거야. 유감이지만 오로지 죽어가는 노인들을 간병하는 일을 좋아하는 녀석은 많지 않으니까 이런 병원은 만성적으로 의사가 부족하고, 보시다시피 지극히 바쁘지."

또다시 배를 팡 하고 두드린다.

"하지만 구리 짱은 이런 의료를 싫어하지 않을 거야."

지적한 대로이다.

"좋아하는 일을 하면 되는 거 아닐까? 노인들도 구리 짱을 좋아해."

처음으로 나온 구체적인 시사이다.

"남으라는 말입니까?"

"아니."

"어느 쪽이에요?"

"그런 건 스스로 결정해야지. 남의 진로에 참견했다가 나중에 책임지는 일은 질색이야."

히죽히죽 웃는다.

카르테는 일단 대충 다 썼다.

"뭐, 여러모로 고민되긴 할 거야. 구리 짱이라면 어딜 가도 열심히 할 수 있어. 그건 확실해."

왕너구리 선생님은 배를 팡팡 두드리면서 병동에서 사라졌다.

너구리와 여우에 홀려온 지 곧 5년.

어느 날 아침 일어나니 처음부터 끝까지 다 꿈이었다는 식의 결말만은 없길 간절히 바랐다.

아즈미 씨의 헤모글로빈이 6을 기록했다.

헤모글로빈은 빈혈 정도를 나타내는 수치로, 정상치는 12에서 15 사이이다. 빈혈이 진행되면 이 수치가 서서히 떨어지게 된다. 그래도 8 정도는 목숨과 직결되진 않지만, 6을 기록하면 좋지 않다. 단속적인 하혈의 영향이다. 종양에서 생기는 출혈을 막을 방법은 없다.

2~3일 전부터는 휠체어 이동도 금지되어 침대 위에서 안정하도록 하고 있지만, 나조차도 그걸로 출혈이 멈추리라고는 생각하지 않았다.

"또 수혈인가요?"

창백한 얼굴의 아즈미 씨가 면목 없다는 투로 물었다. 안색은 나쁘지만 표정은 나쁘지 않다. 혈액 검사 결과에 일희일비하는 우리에 비해 정말 침착하다.

"선생님, 이제 괜찮아요. 수혈 약도 많지 않잖아요. 나 같은 사람에게 쓰는 건 아까워요. 좀 더 필요한 사람이 있을 텐데."

이런 위급한 시기에도 아즈미 씨는 다른 사람을 걱정하고 있다.

사람이 어떻게 살면 이런 경지에 도달할 수 있을까. 내가 아즈미 씨 입장이라면 울면서 수혈해달라고 외치는 게 고작일 것이다.

"구리하라 선생님, 연명치료는 됐습니다."

"연명치료라고 생각하지 않습니다. 건강한 아즈미 씨가 좀 더 오래 건강한 시간을 보내기 위한 치료예요."

나는 지시부에 '4단위 수혈'이라고 기록했다.

"아즈미 씨는 간호사들 사이에서도 인기 만점이라서요. '치유의 아즈미 씨' 치료를 게을리하면 제가 간호사들에게 호된 꼴을 당합니다."

아즈미 씨는 후후 하고 웃으며 어깨를 들썩거렸다.

"여기는 정말 좋은 병원이에요. 간호사들은 모두 밝고 다정하고, 바쁠 텐데 세심한 부분까지 신경 써줘요. 또 정말 좋은 선생님도 계시고요."

"그 '좋은 선생님'이 저를 말씀하시는 거라면 정말 가문의 영광입니다."

"사실은요, 선생님."

나를 보는 아즈미 씨의 눈이 조금 가늘어졌다.

"처음에는 좀 걱정했어요. 선생님이 너무 젊으시고 어쩐지 좀 특이한 분이신 것 같아서요. 제대로 봐주실까 걱정했답니다."

"아즈미 씨만이 아닙니다. 모두 그렇게 이야기해요. 난처한 노릇입니다."

내 대답에 아즈미 씨는 작게 소리 내어 웃더니 "지금은 선생님을 만날 수 있었던 걸 정말 감사하고 있어요"라며 고개를 꾸벅 숙였다.

날마다 작아져가는 인상을 주는 아즈미 씨이지만, 새하

얀 이불 속에서 온화한 미소는 밝게 빛나고 이야기하는 사람에게 신기하게도 편안함을 준다. 젊은 간호사들이 왜 '치유의 아즈미 씨'라고 부르는지 모르는 바도 아니다.

문득 협탁을 보니 작은 메모 용지 위에 '이치토(一止)'라는 문자가 크게 붓펜으로 쓰여 있다. 말할 것도 없이 내 이름이다.

아즈미 씨가 내 시선을 알아차리고 조금 수줍은 듯이 웃었다.

"선생님 성함은 흔히 접할 수 없는 모양의 글자잖아요. 신기하다 싶어서 써봤어요."

뼈와 가죽만 남은 앙상한 손을 뻗어 조용히 메모 용지를 집어 올렸다.

"써보고 알았어요. 이건 '바르다'라는 글자네요."

나는 쓴웃음을 지었다.

"정답입니다."

'이치(一)'와 '토(止)'라는 글자를 그대로 합치면 '정(正)'이라는 글자가 된다. 아버지가 반쯤 장난으로 지으신 것이다.

아즈미 씨는 감개무량한 표정으로 가만히 메모 용지의 문자를 응시하고 있다.

"하나(一)에 멈추다(止)를 써서 바르다(正)라는 의미라니, 이 나이 먹도록 몰랐습니다. 하지만 왠지 알 것 같은 기분이 드네요. 사람이 살아가다 보면 앞으로 가는 데만 급급해서 점점 소중한 것을 버리게 되는 법이지요. 진짜 바르다는 건 맨 처음 장소에 있는지도 몰라요."

아즈미 씨는 혼잣말처럼 중얼거렸다.

띄엄띄엄 중얼거리는 한마디가 가슴에 사무친다. 도락가인 내 아버지가 아즈미 씨의 반응을 들으면 기꺼이 주야장천(晝夜長川) 한자 강의를 시작했을 것이다.

문득 창문으로 들어오는 겨울 저녁 햇살이 아즈미 씨의 옆모습을 환하게 비추었다. 아즈미 씨는 미동도 없이 가만히 내 이름을 쳐다보고 있었다.

12월 20일이 아즈미 씨의 생일이라는 사실을 알게 된 것은 늘 그렇듯이 세심한 부분까지 배려하는 도자이 덕분이다.

"73세 생신이래요."

12월 19일에 그런 말을 했다.

갑자기 그런 이야기를 들어도 정신없이 바쁜 내 생활에서 뭔가 해줄 수 있는 일은 없다.

이 시기에는 예년과 마찬가지로 고령자의 폐렴이 급증해 속속 입원하기 시작한다. 병상은 거의 꽉 차는 상황이 계속되고, 그것을 관리하는 의사에게는 가혹한 노동이 이어진다.

이틀 전에는 당직이었고, 어제는 내내 침대에 누워 있던 95세 노인이 세상을 떠났다. 지금도 세상을 떠날 것 같은 고령자는 한 손으로 꼽을 수도 없을 만큼 많다.

그런 암담한 노동 환경에서 만성적인 수면 부족과 과도한 커피 음용에 의한 위통에 시달리는 터라 병동의 지엽적인 사항까지는 생각이 미치질 않는다.

"생신인가, 경사스러운 날이군."

한 귀로 듣고 한 귀로 흘리듯이, 전자 카르테를 입력하면서 일단 대답만 해두었다.

"생신날에 뭔가 소원이 있느냐고 여쭤봤더니 한 번 더 산을 보고 싶으시대요."

내가 힐끗 올려다보자 도자이가 의미심장한 표정을 짓고 있다.

휠체어 이동이 금지되어 침대 위에서 안정을 취하도록 한 지 벌써 5일이 지났다. 병실 창문은 남향이기 때문에 서쪽 호타카 연봉을 보는 것은 불가능하다.

아즈미 씨는 때때로 물을 조금 마시거나 텔레비전을 쳐다보는 정도로, 나머지 시간에는 그저 녹초가 되어 천장만 바라보는 날들을 보내고 있다. 나에게는 아무런 넋두리도 하지 않지만, 역시 매일 바라보던 산을 볼 수 없는 것은 쓸쓸한 일이리라.

그러나 대충 옮겼다가 큰 출혈이라도 일으키게 되면 치명적이다.

"……외출 허가를 넘기라는 건가?"

"누가 그래요? 그저 내일이 아즈미 씨 생신이고, 아즈미 씨가 밖에 나가고 싶어 한다고 말했을 뿐이에요."

도자이의 목소리에 덧붙이듯이 지나가던 미즈나시 씨가 난데없이 끼어들었다.

"그리고 회색 노신사도 '가능하면 아즈미 씨를 밖으로 데리고 가고 싶다'고 말했어요."

실로 용의주도한 무리이다. 나한테 알리기 전에 이미 가까운 사람의 동향까지 확인했다는 거군.

본인이 희망하고 있고 주위도 받아들이고 있다면 그 바람을 이루어주는 게 도리일 것이다. 남은 일은 이 위험한 상태에서 어떻게 리스크 관리를 하는가뿐이다.

물론 책임을 지는 것은 나이다. 다수의 환자를 떠맡아

수면 부족과 과로로 녹초가 된 바로 나인 것이다.

"외해자를 메우는 게(어떤 목적을 달성하기 위해 우선 그 주변의 장애물을 없애는 것 - 옮긴이) 능숙해졌군, 도자이."

"그게 뭐예요?"

오사카성을 공략하는 겨울 전투에서 도쿠가와 측은 강화(講和)를 맺는 척하면서 능수능란하게 오사카성의 해자를 메웠다. 그것이 여름 전투의 승패를 결정했다고 해도 과언이 아니다. 결국 오사카성은 함락되었다. 천하의 오사카성 경우에는 도쿠가와 이에야스의 주도면밀한 계략으로 내해자까지 메웠지만, 시골 평지에 세운 성 정도의 허용량밖에 없는 내 경우에는 외해자만 메워도 함락이 가능한 것이다.

나는 카르테를 입력하던 손을 멈추고 한숨을 쉬며 돌아보았다.

"그래서 어떻게 하면 되는데?"

도자이와 미즈나시 씨는 얼굴을 맞대고 씩 웃었다.

12월 20일, 오후 1시.

혈압이 안정되었을 적당한 시기를 보아 아즈미 씨를 휠체어로 옮겼다. 그리고 병원 옥상으로 올라가기 위해 엘리베이터로 향했다. 함께 가는 것은 도자이와 쉬는 날에 사복 차림으로 병원에 나온 미즈나시 씨이다. 일에 이렇게까지 열심인 것도 곤란한 노릇이다. 나는 오전에 내시경 검사를 어떻게든 빨리 끝내고 30분의 시간을 만들어 일행에 동참했다.

휠체어로 옮긴 아즈미 씨의 안색은 생각보다 좋다. 스웨터 위에 코트를 걸치고 머플러를 두른 완전 무장한 차림이다. 머리에는 불그스름한 갈색의 귀여운 털모자를 썼다. 어쩐지 아즈미 씨와 아주 잘 어울렸다.

"모자가 잘 어울리네요."

내 목소리에 아즈미 씨는 기쁜 듯이 고개를 끄덕였다.

"35년도 더 된 남편의 선물이에요."

내가 태어나기도 전의 물건이다.

"이 모자는 무덤까지 가져갈 거예요. 내가 죽으면 꼭 머리에 씌워주세요."

아즈미 씨의 표정에 비관하는 기색은 없다. 마치 다음 외래 날짜를 잡으러 온 것처럼 편안한 모습이다. 나는 시시한 아침은 생략한 채 묵묵히 고개를 끄덕였다.

혼조병원 옥상의 북쪽은 헬리포트로 이용되고 있지만, 남쪽은 출입이 자유로운 휴식 공간으로 개방되어 있다. 여름철에는 낮부터 가족과 같이 온 환자들의 모습이 여기저기 보이지만, 음력 섣달 중순에 영하의 병원 옥상에 오는 별난 사람은 없다. 세탁물도 이런 곳에 널면 마르기도 전에 얼어붙을 것이다.

엘리베이터에서 내려 옥상으로 나오자 아즈미 씨 입에서 "와" 하고 감탄사가 흘러나왔다.

날씨는 쾌청하고 창공은 끝없이 높다.

3일 전까지 계속 내린 눈 덕분에 거리는 하얗고, 덕분에 마을 전체가 눈부시게 빛나 보였다.

그리고 서쪽 저편.

아즈미노시 건너편으로 이어지는 북알프스, 노리쿠라, 조넨, 지이가타케, 가시마야리 등의 고명한 명봉이 모조리 선명하게 능선을 드러내어 놀랄 만큼 가까이 보인다. 절경이라고 해도 좋다.

나 역시 이런 곳까지 올 기회는 흔치 않다. 아름다운 마쓰모토다이라의 설경에 새삼 살아 있다는 느낌이 들었다.

아즈미 씨는 첫 감탄사 이후 눈을 가늘게 뜨고 묵묵히 북알프스의 산들을 바라보고 있다. 그 마음에 떠오르는 것은 고향의 기억이나 남편과의 추억일까. 우리가 알아야 할 이유는 없다. 할 수 있는 일은 그저 묵묵히 옆에 붙어 있는 것뿐이다. 다행히 현재 주머니 속의 병원 내 PHS는 조용히 침묵을 지키고 있다.

20분 남짓 지났을 때 드디어 아즈미 씨는 우리에게 돌아온 것처럼 나를 올려다보았다.

"선생님, 저는 쭉 제 신세가 불행하다고 생각했어요."

뜻밖이다.

"남편은 마흔두 살에 뇌내출혈로 급사했습니다. 그 후로 30년 동안 정말 외롭게 살아왔어요. 내내 외롭다 느끼면서 이유도 모른 채 지금까지 살아왔습니다. 겨우 외로움에 익숙해졌나 싶었는데 이런 큰 병을 앓고, 대학병원 선생님은 저를 버리고, 다시 고독하게……. 제 인생은 그게 다였어요."

아즈미 씨가 뱉어내는 입김이 하얗게 흐려지며 솟아올랐다.

도자이와 미즈나시 씨도 아무 말 없이 듣고 있었다.

"하지만 마지막에 이런 행복한 시간이 기다리고 있었다니, 정말 인생이란 알 수 없는 거예요."

아즈미 씨는 한마디 한마디를 골라내듯이, 천천히 말을 이었다. 온화한 그 목소리는 내 마음속 깊은 곳까지 파고들어와, 이윽고 온기가 되어 가슴속에 퍼져나갔다.

나는 새삼 생각했다. 힘을 얻은 것은 바로 나라고. 당신의 목소리를 들으며 나는 확실히 힘을 얻을 수 있었다고. 그러나 이 사실을 전하기는 쉽지 않았다.

나는 주머니에서 작은 상자를 꺼내 아즈미 씨의 무릎 위에 놓았다.

"일흔세 번째 생신이 조금이라도 행복한 날이길 기원합니다."

내 말에 아즈미 씨의 작은 눈이 휘둥그레졌다.

"별것 아니에요."

나는 정말이지 별것 아니라는 듯 말했다. 아즈미 씨는 주름이 가득한 손을 떨면서 종이 포장을 열었다.

분메이도.

고풍스러운 노포(老鋪)의 문양과 함께 그 문자가 보였을 때, 아즈미 씨는 고개를 숙이고 어깨를 들썩거렸다.

"선생님……"

"드시고 싶다고 하셨던 양과자예요. 이 마을도 꽤 쓸 만하네요. 역 앞 오래된 백화점에서 팔고 있었습니다. 능력 있는 아내가 구해온 거라 제가 한 건 없지만……"

정신이 들고 보니 아즈미 씨는 뺨 위로 눈물을 뚝뚝 흘리고 있었다.

분메이도 상자를 꽉 쥔 채 오열을 참으면서.

"이렇게 사는 동안 행복하면…… 남편을 마주할 면목이 없습니다……. 이렇게…… 뭐라고 해야 좋을지……."

떨리는 아즈미 씨의 손을 도자이가 꼭 잡고 말했다.

"지금 이 시간을 조금이라도 즐겁고 행복하게 보내세요. 저희야말로 다정한 아즈미 씨의 미소를 보면서 항상 힘을 얻고 있으니까요."

정말이지 말 그대로이다.

아즈미 씨는 그저 눈물을 참고 고개를 끄덕였다.

나도 뭔가 격려의 말이라도 한마디하면 모양새가 괜찮을 텐데 여느 때와 마찬가지로 그런 말에 서툴다. 그저 잘 안다는 듯이 일단 몇 번이고 고개를 끄덕여두었다.

갑자기 겨울의 냉기를 뚫고 PHS가 촌스러운 호출음을 울렸다.

통화 버튼을 누름과 동시에 간호사의 당황한 목소리가 튀어나왔다. 동쪽 3병동에서 상태가 급변한 환자가 발생했다. 어젯밤부터 악화되었던 중증 폐렴의 할아버지이다.

늘 그렇지만 운이 나쁘다. 그러나 방치할 수도 없다.

"적당히 봐서 병실로 돌아가세요. 감기 들지 않도록 하시고요."

나는 눈물을 머금은 아즈미 씨에게 인사를 하고 도자이에게 눈짓으로 신호를 보낸 뒤 몸을 돌렸다. 선명한 겨울 햇살과 시린 냉기를 뿌리치며 옥상을 뒤로했다.

아즈미 씨의 상태가 갑자기 악화된 것은 그로부터 이틀 후의 일이었다.

후카시 신사의 등롱이 유독 붉다.

나는 깊은 밤의 경내 난간에 기대어, 늘어선 등롱을 흔들리는 시선으로 초연히 바라보았다.

평소 붉은색을 보고 연상하는 것은 피이다. 위험해 보이긴 하지만 일의 성격상 어쩔 수 없다.

하지만 오늘 밤 내가 연상한 것은 아즈미 씨의 불그스름한 털모자였다.

12월 22일, 오후 9시 15분.

그것은 사망 시각이었다.

경과는 놀랄 만큼 짧은 시간에 결말이 났다.

밤 9시를 넘긴 시간에 병동에서 평소처럼 전자 카르테를 치던 내 귀에 모니터 알람 소리가 울렸다. 흔히 있는 일이라 당황하지 않고 고개만 틀어서 병동 모니터를 확인한 나는 숨을 죽였다.

300호실, 맥박 저하 알람!

아즈미 씨의 맥박이 갑자기 30대까지 떨어진 것이다. 동시에 병실 쪽에서 간호사의 비명에 가까운 목소리가 들려왔다.

병실로 뛰어들어가 처음 본 것은 시트의 반을 새빨갛게 물들인 하혈의 흔적이었다. 침대 맞은편에서 야근 중이던 신입 간호사가 패닉에 빠져 우왕좌왕하는 사이, 그 옆에서 심전도 모니터가 요란하게 알람 소리를 울리고 있었다.

침상 위로 눈을 돌리니 평소처럼 온화한 얼굴로 잠든 아즈미 씨가 보였다.

"아즈미 씨!"

소리쳐 불렀지만 반응이 없다.

맥을 잡았지만 거의 느껴지지 않는다. 모니터에 표시된 맥박은 30 전후. 재빨리 터치 패널을 조작해 30분 전까지의 바이털을 호출하니 단시간이지만 빈맥이 기록되어 있었다. 대량 하혈에 동반하는 출혈성 쇼크이다……. 어쨌든 나는 얼이 빠져 있는 간호사에게 "링거 양을 늘려요!"라고 호통을 치듯 지시했다.

그사이에 머릿속에는 무수한 선택지가 쉴 새 없이 지나갔다.

승압제를 사용하면 한 시간 정도는 혈압이 올라갈지도 모른다. 호흡은 인공호흡기를 달면 잠시 동안은 괜찮다. 그사이에 수혈 준비를 해서 대량 수혈을 하면 어쩌면 회복될지도 모른다……

거기까지 생각하면서도 나는 그 이상의 지시를 내리지 않았다.

아즈미 씨가 '이대로……'라고 말한 것 같은 기분이 들었던 것이다.

종종 의료 현장에서는 환자 가족이 "할 수 있는 건 전부 해달라"고 할 때가 있다. 50년 전까지 국내에서는 일상적인 일이었고, 그 시대에는 결과의 성패와 상관없이 그것으로 충분했다. 의료 수준이 졸렬했던 그 시대에는 그것으로 충분히 만족했던 것이다.

하지만 지금은 다르다.

죽어가는 사람에게 가능한 한 모든 의료 행위를 행한다는 것이 무슨 의미인지, 사람들은 좀 더 진지하게 생각해야 한다. '전부 해달라'고 울면서 소리치는 게 미덕이라는 식의 생각은 슬슬 버려야 한다.

살아날 가능성이 있다면 의사는 가족의 의사와 관계없이 처음부터 전력을 다해 치료한다. 문제가 되는 것은 살아나지 않을 사람, 즉 노환으로 누워 있는 고령자나 말기 암 환자에게 행하는 의료이다.

결국은 아즈미 씨 같은 사람에게 행하는 의료인 것이다.

경이로운 현대 기술을 사용해 모든 의료를 시도하면 멈춰가던 심장도 일시적으로는 움직일 것이고, 호흡이 멈추었어도 산소를 투여할 수 있을 것이다. 하지만 그래서 어떻게 할 것인가? 심장 마사지로 늑골은 전부 부러지고, 인공호흡 기계로 무리하게 산소를 집어넣고, 수많은 튜브에 연결해서 회복할 가망이 없는 사람에게 대량의 약물을 투여한다.

이런 행위를 한 결과, 심장이 움직이는 시기가 며칠 연장될 수는 있다.

그러나 그게 정말 '살아 있는' 것일까?

고독한 병실에서 기계투성이가 되어 호흡을 계속한다는 것은 비참한 일이다. 지금과 같은 초고도 의료 수준의 세계에서는 그런 일이 쉽게 일어날 수 있다.

생명의 의미도 생각하지 않고, 그저 감상적으로 "모든 치료를!"이라고 외치는 것은 이기적이다. 그렇게 외치는 마음에 동정의 여지는 있다. 그러나 이기적이다. 환자 본인의 의사는 존재하지 않고, 그저 가족이나 의료 담당자들의 자의적인 이기심만이 존재한다. 누구나 이 이기심을 가지고 있다.

그리고 이때 내 마음속을 차지했던 것도 추악한 이기심이었다.

대량으로 수혈을 하고, 승압제를 쓰고, 경우에 따라서는 인공호흡기를 달아 호흡을 확보한다. 잘되면 며칠은 좋아질지도 모른다. 신슈 일대의 귀중한 혈액제제를 가져오게 해서 수혈하면 아즈미 씨의 심장은 이틀 정도 더 움직일지도 모른다.

해야 할 것인가, 하지 말아야 할 것인가…….

의사가 가진 권한의 막중함은 이런 사항을 즉시 실행할 수 있다는 데 있다.

하지만 비틀거리는 내 마음을 차분하게 가라앉혀준 것은 다름 아닌 온화한 아즈미 씨의 옆모습이었다.

평소와 마찬가지로 자는 것처럼 보이는 옆모습.

이것 역시 생명의 한 가지 형태이다.

그저 심장만을 움직이기 위해서 그 형태를 무너뜨리고 거기에 튜브투성이 기계를 채워 넣는다. 그런 무례를 결코 허락하지 않는 '생명의 형태'가 확실히 거기에 있었다.

"선생님…… 혈압이 떨어집니다……!"

상황이 갑자기 악화되자 서둘러 달려온 중년의 간호사가 당황해서 소리를 질렀다.

모니터에서 혈압은 이미 측정할 수 없을 정도로 내려가 있었다. 맥박 20대⋯⋯.

"⋯⋯괜찮아."

나는 똑똑히 말할 생각이었지만 목소리가 잠겨서 잘 나오지 않았다.

의아한 얼굴을 한 간호사들에게, 이번에야말로 나는 확실히 전했다.

"이대로도 괜찮아. 지켜보지. 이제야 겨우 남편을 만날 수 있는 거야."

내 목소리에 중년의 간호사가 작게 고개를 끄덕이는 게 보였다. 내 판단은 독선이 아닐 것이다.

항상 문병을 오는 노신사에게 연락하라는 지시를 내리고, 나는 다시 모니터를 보았다.

갈수록 떨어지는 맥박 수, 이윽고 호흡이 멎고 몇 초 후 심장 정지.

12월 22일, 오후 9시 15분, 사망 확인.

내가 소리 내어 사망 선고를 하자마자 신입 간호사들이 울음을 터뜨리는 소리가 들렸다. 옆에 있던 중년의 간호사도 흘러넘치는 눈물을 감추려는 듯이 손수건으로 눈을 가렸다.

아즈미 씨는 어느 간호사에게나 '치유'의 기운을 주는 신기하고 따뜻한 사람이었던 것이다.

나는 울지 않았다. 환자들의 죽음에 일일이 눈물을 흘릴 수는 없다.

나는 그 자리에서 아즈미 씨의 오른손을 이불에서 꺼내 힘차게 악수를 나누었다.

"수고하셨어요, 아즈미 씨."

꽉 잡은 손은 아직 따뜻했다.

사망진단서 작성을 마친 후, 나는 말로 다 할 수 없는 허무감에 사로잡혀 하늘을 올려다보았다.

머릿속에 떠오르는 것은 최근 며칠 동안 내가 내렸던 수많은 판단들이었다.

침대 위에서 절대 안정해야 하는 위험한 상태에서 추운 옥외로 외출을 허가한 것, 소화기 출혈임에도 본인이 먹고 싶다는 카스텔라를 사 온 것, 갑자기 악화되는 상황에서 수혈도 하지 않고 지켜보았던 것…….

내 발밑을 흔들기라도 하듯이 무수한 다른 선택지가 뇌

리를 스쳐갔다.

다른 방법을 선택할 수도 있었다.

외출은 허가하지 않고 방에 가둬둔 채 안정을 취하게 한다. 카스텔라는 물론 일체의 경구 섭취를 중지하고 계속 절식한다. 상태가 급변하면 수혈에서 심장 마사지까지 풀코스로 실시한다. 어쩌면 예후는 일주일 정도 연장되었을지도 모른다. 하지만…….

……그런 것에는 의미가 없다!

그렇게 외치고 싶다. 하지만 그 생각조차도 이기적이지 않다고 그 누가 단언할 수 있을까.

나는 일어나서 300호실로 발걸음을 향했다.

좀 전까지 병실에는 연락을 받고 서둘러 달려온 노신사가 있었지만, 지금은 아무도 없다. 노신사는 잠시 죽음을 애도한 뒤, 아즈미 씨를 집으로 데려갈 준비를 하고 주변에 연락을 취하기 위해 일단 자리를 떴다.

흰 천을 들어 올리자 평소 아즈미 씨의 온화한 얼굴이 보였다. 간호사들이 정성껏 화장해주었을 것이다. 정말이지 평소와 다를 게 없다.

이걸로 된 것일까, 아니면 하루라도 더 살고 싶었던 것일까.

물어도 대답해줄 리 없다.

지그시 입술을 깨물었을 때, 문득 나는 중요한 사실을 떠올렸다.

불그스름한 털모자.

남편이 준 선물인 모자를 무덤까지 가져가고 싶다고 하지 않았던가. 죽었을 때 씌워달라는 부탁을 받은 것은 분명히 저 옥상에 갔던 날의 일이었다…….

나는 어두컴컴한 병실의 작은 선반장을 열었다.

털모자는 금세 눈에 띄었다. 아즈미 씨의 머리에 씌워주려고 모자를 펼치다가 나는 "앗" 하고 소리 내어 중얼거렸다.

모자 속에 뭔가 들어 있었다. 꺼내보니 종이 꾸러미였다.

꾸러미는 편지지 다발로, 맨 위에 있는 종이에 '구리하라 선생님께'라고 적혀 있었다.

그것은 세상을 떠난 아즈미 씨가 나에게 보낸 편지였다.

　나의 소중한 구리하라 이치토 선생님께

아즈미 씨다운 작고 부드러운 글씨가 가지런히 쓰여 있었다.

선생님께서 이 편지를 읽고 계시다는 건 제가 이미 남편을 만나러 여행을 떠났다는 뜻이겠지요. 저에게 그 모자를 씌워주신다는 약속을 잊지 않고 계셨군요. 아무리 감사를 드려도 부족할 따름입니다.

저는 선생님을 만날 수 있었던 것에 정말 감사하고 있습니다. 평생 운명의 신을 원망하며 살아왔는데, 마지막 순간에 원망을 전부 사그라지게 해주셔서 백배 천배 더 감사드리고 있습니다. 참 이기적이지요.

대학병원에 갔을 때 높으신 선생님께 들은 이야기가 떠오릅니다. "대학병원은 아즈미 씨 같은 사람을 진찰하는 장소가 아닙니다"라고요. 그럼 어디서 진찰을 받아야 하느냐고 물어도 대학병원 선생님은 곤란한 표정을 지을 뿐이었습니다. 하지만 저는 그때 금세 선생님의 얼굴을 떠올렸습니다. 분명히 어딘가에서 선생님은 이런 낫지도 않는 병을 가진 할머니에게도 손을 내밀어주실 거라고, 저는 알고 있었던 것입니다.

병을 앓는다는 건 정말 고독한 일입니다.

고생이 끊이지 않는 일이라는 생각은 들지만, 선생님, 부디 저에게 주셨던 따뜻한 시간을 앞으로도 많은 고독한 사람들에게 만들어주세요. 항상 뭔가 생각에 잠겨 계시는 모습을 볼 수 있었지만, 저는 상담에 응해드릴 만큼의 능력도 시간도 없었습니다. 그래도 한 가지 확실한 것은 선생님께서 저에게 훌륭한 치료를 해주셨다는 것입니다.

병든 사람에게 가장 괴로운 일은 고독하다는 것입니다. 선생님은 제게서 그 고독을 없애주셨습니다. 비록 병이 낫지 않아도 살아 있는 게 즐겁다고 느낄 만한 일이 많다는 걸 가르쳐주셨습니다.

만에 하나, 선생님이 도중에 뭔가 실패해서 자신감을 잃게 된다면 저는 크게 소리 내어 말하겠습니다.

"저는 선생님 덕분에 이렇게 즐거운 시간을 보낼 수 있었습니다"라고요. 어쩌면 남편이 세상을 떠난 뒤 보낸 30년 중에서 가장 즐거운 시간이었을지도 모른다고요.

어쩐지 갑자기 졸리기 시작하네요. 마음은 좀 더 전하고 싶지만, 이 정도로 해두겠습니다.

아무쪼록 스스로를 아껴주시길.

천국에서, 최대한의 감사를 담아

아즈미

시간이 얼마나 흘렀던 것일까……

어슴푸레한 병실 구석에서 나는 그저 가만히, 뭔가를 기다리는 것처럼 우두커니 서 있었다. 천국에서 온 편지를 꼭 쥔 채.

아무리 기다려도 이미 가버린 아즈미 씨가 뭔가를 말해줄 리도 없는데, 가만히 서 있었다.

뚝뚝, 갑자기 비가 내리기 시작했다. 안 돼, 소중한 편지가 젖어버려……. 이게 무슨 바보 같은 소리인가. 여기는 병실이다. 방 안에서 어떻게 비가 내리는가…….

글자가 축축해졌다. 젖은 글자가 흐릿해졌다.

울고 있다.

내가 울고 있는 것이다. 비가 올 리 없다, 전부 눈물이다.

오열…….

통곡…….

그리고 통곡…….

잘도 이토록 눈물이 나온다…….

편지를 꼭 쥐었을 때, 침상 옆 협탁 위에 작은 상자가 눈에 띄었다.

카스텔라가 담긴 작은 상자. 그리운 포장의 로고 마크.

상자 한구석에는 반 이상 남은 카스텔라가 미안한 듯이 몸을 기대고 있었다.

후카시 신사의 등롱이 붉다.

아즈미 씨를 무사히 병원에서 내보내고 나는 빈껍데기가 된 듯한 허무함을 느끼며 집으로 향했다.

귀갓길에 오르긴 했지만, 신사의 붉은 등롱 불빛에 끌려온 것처럼 경내에 앉아 텅 빈 머리로 하늘을 올려다보고 있었다.

꽤 시간이 지난 것 같은 기분이 들어 서둘러 회중시계를 보았다. 시각은 밤 11시 10분. 병원을 나온 지 아직 10분 정도밖에 되지 않았다.

천천히 일어나서 붉은 등롱 사이를 걷기 시작했다. 뒤통수 언저리가 멍해지면서 생각이 정리되지 않았다. 경내의 숲이 밤바람에 흔들리며 사락사락 시끄럽게 소리를 냈다.

형체가 없는 비애감과 대상이 정해지지 않은 분노, 그런 것들이 주마등처럼 다가왔다가 빠르게 지나갔다.

사람이 죽는다는 건 그런 것이다.

평소와 마찬가지로 생각했다.

슬퍼하는 건 질색이야······.

나와테 거리로 발걸음을 옮기면서 나는 휴대폰을 손에 들고 아내에게 전화를 걸었다. "네" 하고 평상시의 쾌활한 목소리가 대답했을 때, 갑자기 "휴" 하고 한숨이 나왔다. 사람의 마음은 이처럼 복잡하면서도 단순한 것이다.

"……무슨 일 있었어요, 이치 씨?" 말이 없는 나를 염려한 아내가 말했다. "또 누군가 돌아가셨나요?"

변함없는 혜안이다. 나도 모르게 입가에 옅은 웃음을 베어 물었다.

"하루는 대단해."

"괜찮아요?"

"괜찮아. 그저 이게 일이라는 걸 알면서도 좀처럼 마음을 가라앉힐 만한 곳이 보이질 않네. 이럴 때는 평소처럼 규베에서 좋은 술을 한잔하고 집에 들어가는 게 좋지 않을까 싶어서……."

"저도 함께해도 될까요?"

다정한 목소리이다.

"그렇게 해주면 고맙지. 하루와 마시는 술은 이류라도 다이긴조 맛이 나."

"그런 말을 했다간 규베에의 마스터가 슬퍼할 거예요."

밝은 목소리가 내 마음을 따뜻하게 해준다.

"금세 준비하고 갈게요, 먼저 마시고 있어요."

이 말과 함께 전화는 끊어졌다.

정신이 들고 보니 메토바강 다리 위이다. 시간은 11시를 넘기고 있지만, 다행히 오늘 밤 규베에는 아직 불이 켜져 있다.

미닫이를 드르륵 열자, 항상 그렇듯이 다부진 마스터의 얼굴이 보였다.

가게 안을 휙 둘러보니 손님은 카운터에 한 사람뿐이다.

시커멓고 큰 도깨비 같은 남자이다. 나는 서둘러 시선을 돌렸다.

돌린 눈을 다시 제자리로 돌리며 나는 중얼거렸다.

"지로인가……."

"이치토잖아?"

괴물이 안심한 표정으로 나에게 말을 걸었다.

'요아케마에(동트기 전이라는 뜻 - 옮긴이)'가 있다고, 마스터가 조금의 미소도 없이 알려주었다.

신슈의 명주 요아케마에는 다쓰노 지역의 토속주이다. 창고가 작아 전국 시장에 돌 만큼의 양은 안 되지만 단맛, 신맛, 쓴맛이 적절한 균형을 이루는 뛰어난 술이다. 라벨은 도손의 아들인 구스오 씨의 자필을 그대로 프린트해 운치가 있다.

그 운치 있는 글자를 바라보다가 나는 문득 학사님을 떠올렸다.

이즈모에서 잘 지내고 있을까……. 아니야, 걱정할 게 뭐 있어. 다른 누구도 아닌 학사님이야. 언젠가 때가 되면 다시 화려하게 술잔을 나눌 수 있겠지.

옆을 보니 지로는 평소처럼 고슌이다. 천편일률적인 남자이기는 하지만 고슌이 맛있다는 사실에는 변함이 없다. 저 시시한 스나야마 블렌드를 마시는 남자가 술만큼은 제대로 마실 줄 안다는 게 이해가 안 되긴 하지만.

잔을 들어 올린 손을 멈추고 지로가 중얼거렸다.

"그래, 아즈미 씨가 돌아가셨구나……."

저 멀리 여기에 없는 무언가를 바라보는 것처럼 가늘게 눈을 뜨고 있다.

"그 다정한 할머니가 말이지……."

나는 마스터가 따라주는 요아케마에를 감사히 잔으로 받았다.

"두 시간 전이야. 눈 깜짝할 사이였어."

"눈 깜짝할 사이라……."

잔을 확 기울인다.

"잘됐잖아!"

쓸데없이 목소리가 크다.

"뭐가?"

"담낭암은 복수가 차거나 통증으로 괴로워하는 경우가 많은 병이야. 그런데 덜컥 세상을 떠났어. 잘됐잖아."

"……너와 하루에게는 딱 한 가지 훌륭한 공통점이 있어. 진흙탕 속에서도 이점을 발견하는 것이지. 가공할 만한 긍정적 사고야."

"바보 같은 소리 마, 애당초 너의 그런 비관적이고 소극적인 면이 잘못된 거야. 설마 아즈미 씨까지 네 힘이 부족했다든가 치료가 좋지 않았다는 식으로 생각하는 건 아니겠지?"

전에도 말했지만, 술 취한 지로는 때때로 핵심을 찌르는 말을 한다. 나도 모르게 가슴이 철렁했지만 얼굴에 나타낼 성싶은가. 한층 더 무심한 표정으로 잔을 들었다.

지로는 고슌에 시선을 고정한 채 계속 말을 이었다.

"아즈미 씨는 행복했을 거야. 병원 옥상에서 북알프스를 바라보면서 결국 먹고 싶었던 카스텔라를 먹을 수 있었잖아? 이렇게 바쁜 와중에 거기까지 생각해주다니 너는 대단한 남자야. 정말 대단한 남자라고."

드물게 칭찬으로 기를 죽인다. 게다가 아즈미 씨 이야기를 상당히 자세히 알고 있다.

"뭐야, 북쪽 4병동의 네가 남쪽 3병동에서 일어난 일을 꽤 자세히 알고 있잖아?"

내 말에 지로는 그렇지 뭐, 하며 히죽 웃을 뿐이었다. 뭐지 이건, 평소와 반응이 다르다. 다소 불쾌하다.

"애당초 너 혼자 규베에서 마시고 있다는 게 지극히 이례적인 일이야. 무슨 속셈이야?"

"약속이 있어. 사람을 기다리는 중이야."

"기다려? 숨어서 기다리는 걸 착각한 거 아냐?"

"시끄러워. 너도 그 정도의 로맨스는 있겠지."

로맨스라니 웃지 않을 수 없다. 내 머릿속에서는 고질라가 꽃다발을 갖고 우왕좌왕하는 모습이 떠오른다. 발자국마다 쓰레기가 한가득이다.

내 생각 같은 것은 상관도 하지 않고 지로가 화제를 바꾸었다.

"그보다 대학병원 얘기는 어떻게 됐어? 좋은 기회잖아. 한번 혼조병원에서 나와 고도 의료라는 놈과 붙어볼 마음이 생겼어?"

"……대학병원에는 아즈미 씨 같은 환자가 없을 거야."

"그렇지. 치료가 불가능한 환자를 진찰하는 건 대학의

일이 아니니까. 거기는 전문 의료, 고도 의료야. 혼조병원에서는 할 수 없는 치료가 여전히 많이 있어."

"……나한테 정말 그게 필요할까?"

나의 중얼거림에 지로는 고슌으로 향했던 시선을 천천히 나에게 돌렸다.

나는 묵묵히 잔을 비웠다.

계속해서 마스터에게 '사쿠노하나'를 청한다.

이것은 그 이름 그대로 도신 지방 사쿠 지역의 토속주로 아내가 좋아하는 일품이다. 요아케마에와 어깨를 나란히 하는 신슈의 명주로, 요아케마에와 마찬가지로 창고가 작아 해마다 맛이 상당히 다른 점 또한 흥미롭다.

"어이, 이치토. 혼조에 남으려고 하는 거야?"

"……솔직히 말해서 모르겠어. 하지만 고도 의료니 뭐니 하는 걸 공부하는 동안에도 그런 걸 필요로 하지 않는 환자들이 혼자 외롭게 죽어가는 건 사실이야."

내 왼손은 주머니 속에 있었다. 그 손안에는 아즈미 씨의 편지가 있다.

병을 앓는다는 것은 정말 고독한 일이다.

"난 카스텔라를 사주는 게 싫지 않아."

올바른 의료라는 게 뭔지 난 도무지 짐작이 가질 않는

다. 미래에 대한 확신 같은 것도 존재하지 않는다. 그러나 아즈미 씨는 즐거운 시간을 보낼 수 있었다고 말해주었다. 거기에 고도 의료가 들어갈 여지는 처음부터 없었다. 나는 그저 지금 내가 할 수 있는 일을 한 것뿐이다. 다소 감상적이라고 한다면 그만이지만.

"결론이 안 난다면 날 때까지 곰곰이 생각하면 될 거야. 서두르며 사는 건 내 성격에 맞지 않아." 지로가 잠시 생각하다가 다시 입을 열었다. "그러니까 일단 지금은 혼조에 남는다. 그 후는 모른다는 건가⋯⋯."

나는 침묵으로 대답했다.

"노인이나 알코올의존증 환자들을 돌본다. 말기암 환자와 시간을 보낸다. 그걸로 충분해? 나날이 진보하는 의료 세계에서 너는 앞으로 나아가지 않은 채 헤쳐나갈 생각인 거야?"

또 침묵으로 대답했다.

잠시 후 지로는 어깨를 움츠리며 웃었다.

"왠지 말이야, 이치토⋯⋯."

"뭐야?"

"그렇게 되지 않을까 싶었어."

"네 예상대로 될 정도라면 지금이라도 내 결론을 바꿔

야겠군."

"바보 같은 소리 한다."

큰 소리로 웃는다.

"뭐, 괜찮겠지. 네 말대로 솔직히 뭐가 제일 좋은 선택인
지는 나도 몰라. 나처럼 대학병원에서 배운 사람이 볼 땐
그게 좋다고 생각하게 돼. 하지만 넌 또 너한테만 보이는
게 있을 거야."

잔을 기울인다.

"실제로 아즈미 씨는 네 덕분에 행복하게 세상을 떠났
어, 그건 확실해."

나에게는 최고의 칭찬이다.

갑자기 울컥하는 것을 사쿠노하나를 마시며 서둘러 가
라앉혔다.

빈 잔에 마스터가 사쿠노하나를 한 잔 더 채워주었다.

이건 서비스예요, 라고 말하는 소리가 들렸다. 내 주위
에는 딱딱해 보이는 얼굴과는 달리 다정한 사람들이 많아
서 큰일이다.

"하긴, 배우려고 생각하면 10년이 지나도 배울 수 있어.
지금은 믿는 길로 나아갈 수밖에 없는 건가. 나도 네가 남
아주면 안심하고 일할 수 있어. 도자이 씨도 기뻐할 거야."

"알지도 못하면서 잘도 말하는군. 너야말로 미즈나시 씨와는 어떻게 되고 있는 거야? 시커먼 거인의 보답 받지 못하는 짝사랑……."

이야기하는 도중에 규베에의 바깥문이 드르륵 열렸다.

아내가 왔나 싶어 뒤돌아보는데 갑자기 시선이 멈추었다. 흰색 반코트에 데님 미니스커트를 입은 귀여운 여성이 서 있다. 밤색 머리를 단발로 자른, 어디에선가 본 적이 있는 여성이다.

고개를 갸웃거리는 나를 보고 여자는 상당히 놀란 것처럼 눈을 크게 떴다.

지로가 가볍게 손을 들어 그녀를 불렀다.

"미안. 이치토랑 우연히 만났어."

뭐야, 지로의 지인인가 싶어 그러려니 하다가 갑자기 기억이 번뜩였다. 마시던 잔을 내려놓고 얼빠진 목소리로 대답했다.

"미즈나시 씨잖아."

한껏 모양을 낸 덕에 인상이 꽤 달랐다. 그래서 바로 눈치채지 못한 것이다.

"안녕하세요, 구리하라 선생님."

미즈나시 요코는 꾸벅 머리를 숙였다.

"이런 데서 뭐 하는 거야? 이렇게 늦은 시간에 여자 혼자 다니다니 위험하잖아. 세상에는 이 시커먼 괴물처럼 발칙한 남자가 백귀야행(온갖 잡귀가 나타나는 밤-옮긴이)의 어둠에 섞여 배회하고 있다고."

나라는 남자는 종종 중요한 상황에서 분위기 파악을 하지 못한다.

미즈나시 씨는 새빨간 얼굴로 어쩐지 당황한 모습이다.

"미안, 이치토. 아직 말 못 했는데……."

지로를 돌아보니 지금까지 본 적 없는 징그러운 표정으로 웃고 있다.

"사귀는 중이야."

"……나는 너랑 사귄 기억이 없어."

"바보, 미즈나시 씨랑 나 말이야. 일주일 전부터 사귀고 있어."

공룡이 당치도 않은 망언을 내뱉고 있다.

아직 두 잔 반밖에 마시지 않았다. 그러니 이건 내가 취해서 잘못 들은 게 아니라 지로라는 바보가 바보 같은 말을 외치는 것이다. 그런 게 틀림없다.

"지로, 추워서 대뇌피질이 얼어붙은 거야?"

"일주일 전부터 요코와 사귀기 시작했어. 드디어 사로잡은 거야, 내 천사를."

큰 소리로 망언을 내뱉는 지기를, 나는 최대한 동정 어린 눈으로 바라보았다.

드디어 나의 명석한 지기도 사랑이라는 이름의 불치병에 걸려 불귀의 객이 된 듯하다. 깊은 한숨을 내쉬었다.

그러나 지로 바로 옆에 미즈나시 씨가 오도카니 앉아서 놀랄 만한 말을 했다.

"구리하라 선생님, 지로 씨가 하는 말은 진짜예요. 놀라셨겠지만 앞으로도 잘 부탁드립니다."

귀까지 새빨개진 미즈나시 씨는 그렇게 말하고 나서 수줍은 듯 고개를 확 숙였다.

……운명의 여신도 가끔은 기발한 농담을 던지고 싶을 때가 있나 보다.

'미녀와 공룡'이 현실이 된 것인가.

느물느물 웃는 시커먼 거한과 귀까지 새빨개진 아가씨를 번갈아 보며 나는 뭐라고 해야 할지 알 수 없었다. 나쁜 짓을 한 것은 하나도 없는데 어쩐지 마음이 편치 않다.

……그랬군.

문득 이해가 갔다.

지로가 아즈미 씨 이야기를 자세히 알았던 이유가 있었

다. 정보원은 여기에 있었던 것이다.

이윽고 거동이 수상한 나를 구원하듯이 바깥문이 열리고, 기다리고 기다리던 아내가 얼굴을 내밀었다.

"늦어서 미안해요, 이치 씨."

인사를 한 아내는 가게 안을 한 번 둘러보더니 말했다.

"아, 스나야마 선생님도 계셨네요. 어머, 귀여운 여자친구를 데리고 오셨군요."

방긋 웃으며 다시 두 사람에게 고개를 숙였다.

한 번만 봐도 순식간에 모든 상황을 파악하는 아내의 혜안에 늘 그렇듯이 탄복한다.

서비스로 나온 사쿠노하나를 다 마신 나는 마스터에게 히로키를 한 잔 청하는 것 외에 좋은 방법을 떠올릴 수가 없었다.

내년에는 대학 의국에 가지 않고 이대로 혼조병원에서 계속 일한다.

그 결정을 전했을 당시는 늙은 여우 선생님이 내리 5일 동안 병원에서 지낼 때였다. 그래서인지 오랜만에 보는 창백한 안색을 하고 있었다.

"……괜찮겠어요……?"

걱정스럽게 고개를 기울이는 모습은 그야말로 유령이 따로 없다.

"괜찮으냐고 물으시면 솔직히 잘 모르겠다고 대답할 수밖에 없습니다. 그러나 '지금은' 이걸로 충분합니다."

"힘든 직장이에요, 여기는."

"압니다. 바로 그렇기 때문에 누구보다 안색이 안 좋은 선생님을 두고 갈 수는 없습니다."

내 말에 늙은 여우 선생님은 가느다란 눈을 약간 의아한 듯이 크게 뜨더니, 금세 원래의 눈으로 돌아와 미소 지었다. 잠시 동안 말없이 머리를 흔들흔들 움직이면서 뭔가 생각에 잠긴 듯했는데, 이윽고 천천히 고개를 끄덕였다.

"그래요."

불쑥 중얼거리는 목소리가 들렸다. 흘러내리는 안경 저편에서 가느다란 눈이 부드럽게 빛나고 있었다.

"선생님께서 여러 가지로 준비해주셨는데 죄송합니다."

"그건 내가 멋대로 한 거예요." 늙은 여우 선생님은 살짝 고개를 기울였다가 이번에는 크게 고개를 끄덕였다. "흠, 사실은 기쁩니다. 구리하라 군이 이 의료의 밑바닥과도 같은 병원을 긍정해준 게 말이죠."

어려운 말을 하신다.

"그럼, 구리하라 군." 늙은 여우 선생님이 천천히 오른손을 내밀었다. "내년에도 잘 부탁해요."

나는 늙은 여우 선생님의 뼈와 가죽밖에 없는 가느다란 손을 잡았다.

선생님의 손은 생각보다 훨씬 든든했다.

"너는 바보야."

왕너구리 선생님의 첫마디였다.

"바보인가요?"

"바보야. 정말 바보다."

내년에 대한 결정을 전한 직후부터 왕너구리 선생님은 바보를 연이어 외치고 있다.

"4월이 된다고 의사가 늘어날 리 없어. 의사는 늘지 않는데 환자 수는 매년 늘어나고 있지. 앞으로도 엄청나게 바쁠 거야. 괜찮은가?"

"……갑자기 그만두고 싶어지네요."

"농담이야, 농담." 큰 소리로 아하하하 웃고 나서 덧붙인다. "정말이지…… 젊었을 때 나랑 똑같다니까."

나는 무심코 쓴웃음을 지었다.

'나랑 똑같다'는 말은 왕너구리 선생님이 기분 좋을 때

쓰는 최상급의 위로라는 것을 알고 있다. 나는 묵묵히 고개를 숙였다.

왕녀구리 선생님은 더 이상 아무 말도 하지 않고 배를 몇 번이고 팡팡 두드렸다. 그러곤 잠시 후 갑자기 생각나기라도 한 듯이 입을 열었다.

"맞다. 마침 잘됐네, 구리 짱. 응급실에 폐렴이 두 명, 소화관 출혈이 한 명 와 있는 것 같아. 입원할 것 같으니까 주치의를 부탁하네."

평소처럼 넌지시 쓸데없는 말을 한다.

"지금 제가 주치의를 맡고 있는 환자만도 이미 37명인데요……."

"그럼 딱 40명인가? 엄청나군, 구리 짱. 내년에도 있어준다니 안심이야."

"저는 불안해졌습니다."

"구리 짱이라면 괜찮아. 내가 꼭 붙어 있겠네."

그게 더 불안한걸요, 라고 말하기도 전에 왕녀구리 선생님은 손을 흔들며 어딘가로 가버렸다. 상황이 불리해지면 사라지는 것도 왕녀구리의 상투적인 수법이다. 속아온 지 곧 만 5년이 지나는데도 여전히 남으려고 하는 나 역시 상당한 괴짜인 게 아닐까.

괜찮다. 이것이 내가 택한 길이다.

사람에게는 맞는 일과 안 맞는 일이 있다.

환자들의 미소를 보는 게 즐거우니 나에게는 이런 의료
가 적성에 맞는 것이리라.

의기소침해질 것 같은 내 마음을 우선 그렇게 타일러보
았다.

평소처럼 후카시 신사를 지나 귀갓길에 올랐다.

경내에서 달빛 속의 병원을 돌아보니, 오늘의 다이다라
봇치는 어깨에 흰 눈이 쌓인 채 생각에 잠긴 것처럼 웅크
리고 있다.

나카초 거리, 나와테 거리를 지나 마쓰모토성에 다다르
자 평소처럼 내해자 구석에 삼각대를 세우고 카메라를 설
치한 아내의 모습이 보였다.

머플러, 장갑에 연두색 코트를 입은 겨울 복장인데, 음
력 섣달의 이 마을은 역시 춥다. 머플러를 두른 입가에서
하얀 입김이 피어오르고, 장갑 낀 손을 비비고 있는 화사
한 아내의 모습이 상당히 불안하고 덧없어 보인다. 평소와
마찬가지로 걱정이 되지만, 영하 20도의 겨울 산에도 등정
하는 아내에게 그건 기우일 거라고 생각을 바꾼다.

아내가 얼어붙은 눈을 힘껏 밟는 내 발소리를 눈치채고 고개를 들어 기쁘게 손을 흔들었다. 나는 계절에 어긋난 들풀이라도 발견한 것 같은 아무렇지 않은 얼굴로 고개를 끄덕이며 다가가지만, 속으로는 왠지 기뻤다. 그런 것이다.

"어서 와요, 이치 씨."

"매번 그렇지만, 니노마루(성의 바깥쪽을 둘러싸고 있는 성곽-옮긴이)에서 하루가 마중을 나와주면 나는 마쓰모토성의 성주라도 된 것 같아."

후훗 웃으며 아내는 능숙하게 카메라를 정리하기 시작했다.

"천천히 해도 돼. 그렇게 서둘러 돌아갈 필요 없어."

"아니요, 오늘은 그렇지도 않아요."

작은 체구의 아내가 거대한 삼각대를 탁탁 접는 모습은 부지런한 난쟁이를 연상시킨다. 보고 있으면 왠지 모르게 재미있다.

"무슨 일 있어?"

"무슨 일이 있냐니, 하긴 이치 씨가 눈치챘을 리 없죠."

말투와는 달리 아내는 즐거운 듯했다.

"결혼기념일이 아닌 건 확실해. 내가 바람맞힌 지 아직 1년이 안 됐으니까. 그리고 하루 생일도 아니야."

"오늘은 12월 24일이에요."

"……."

나는 가만히 있다가 퍼뜩 깨달았다.

과연 주위를 둘러보니 평소에는 노인들로 북적이는 니노마루 광장인데 오늘 밤은 젊은 커플들이 유독 눈에 띈다. 그것도 묘하게 들뜬 얼굴로 끈적끈적하게 딱 달라붙어 있다.

"예수 그리스도의 생일 전날인가."

비뚤어진 내 말투에도 아내의 미소는 흔들리지 않았다.

"사람들은 이걸 뭐라고 하는지 아세요?"

"크리스마스이브."

아내는 방긋 웃었다.

"정답이에요. 규베에의 마스터에게 최근 이치 씨가 고생이 끊이질 않는다는 얘기를 했더니, 오늘 밤에 꼭 식사를 대접하고 싶다고 하셨어요. 그리고 늦어도 되니까 둘이서 오라고요."

"언제 그런 얘길 했어?"

"일전에 스나야마 선생님 커플과 만났던 밤이에요. 이치 씨는 왠지 혼자 생각에 잠겨서 말없이 술을 마시느라 나 같은 건 거들떠보지도 않은 날이었어요. 그래서 기억에 없군요."

아내는 갑자기 부루퉁해졌다.

실로 매력적이다. 세상에 귀여운 여성은 산더미처럼 쌓였지만 '최고로' 귀여운 여성은 내 아내를 제외하고는 아무도 없다.

아내의 미소 앞에 길 가는 여성은 모두 길가의 돌에 불과하다.

"대단한 생각을 한 건 아니야. 미안."

"아니에요, 대단한 생각을 하는 것 같아서 방해하지 않았어요. 하지만 오늘은 시간을 내줘요."

드물게 아내가 강한 어조로 말한다.

"조금 있으면 정월이에요. 또 얼마 동안은 함께 있을 수 없으니까요."

아내의 목소리가 약간 쓸쓸해졌다.

그렇다, 앞으로 일주일 후면 정월이다.

정월은 우리에게 특별히 바쁜 시기이다.

당연한 일이지만, 정월은 거의 모든 병원이 쉰다. 그러나 혼조병원의 경우는 예의 '24시간, 365일 진료'의 간판을 걸고 있는 만큼 연중무휴로, 1월 1일을 포함해 응급 외래는 반드시 열고 있다. 그리고 어떤 환자도 받아들인다.

그 결과 수많은 환자가 몰려든다. 이 때문에 정월이면 밤낮을 가리지 않고 일하는 것은 매년 있는 일이다.

왕너구리 선생님 정도로 높으신 의사라면 모를까, 나 같은 말단은 적어도 2~3일은 병원에 머물면서 일해야 하고, 가끔 집에 와도 몇 시간 자고 바로 병원으로 돌아가는 날들이 이어진다.

아내는 아내대로 새해 첫 일출 촬영을 위해 거의 매년 어딘가로 나간다. 2~3일은 돌아오지 못한다.

서로 타이밍이 맞지 않으면 2~3주 동안은 얼굴을 마주할 수 없게 된다.

"나는 이치 씨를 걱정하는 거예요."

"하루가 설산에 올라가 있을 동안에는 나도 당신이 몹시 걱정돼."

"그건 거짓말이에요. 병원에 가면 이치 씨 머릿속은 환자 생각으로 가득하니까요."

"……그렇지 않아."

"그래요. 전날 규베에서 스나야마 선생님이 얘기하셨어요."

모처럼 둘이 있는데 쓸데없는 이름이 나왔다.

"이치토는 언제나 환자 생각만 하고 있어서 환자나 간

호사에게 굉장히 인기가 많다'고요."

역시 한 번 뒷병으로 저 거대한 머리를 깨부숴둘 필요가 있는 것 같다.

"안 돼요."

조용히 올곧은 눈동자로 나를 보는 아내.

"뭐가 말이야?"

"바람피우면 안 돼요."

"바보 같은 소리 하지 마. 그럴 틈이 있으면 하루랑 성을 바라보고 있는 게 훨씬 더 즐거워."

"정말이에요?"

"정말이야."

아내의 눈이 반짝하고 빛났다. 하지만 금세 반듯한 눈썹을 찌푸렸다.

"한 번 더 말해줘요."

아내의 눈은 진지했다.

나는 아무것도 잘못한 게 없는데 왠지 미안한 기분이 들기 시작했다. 그러고 보니 요즘 아즈미 씨 생각만 하느라 아내를 배려하지 못했다는 것을 새삼스레 깨달았다.

지금은 침묵하면 안 될 것이다. 전할 것은 전해야 한다.

"……당신과 있는 시간이 제일 즐거워."

아내는 만면에 활짝 미소를 띠고 내 팔에 매달렸다.

"그럼 오늘은 용서할게요."

경쾌한 목소리가 내 가슴속에 스며들었다.

나는 쓴웃음과 함께 대답했다.

"그렇게 해줘. 그럼 규베에에 갈까?"

아내는 "그래요" 하고 고개를 끄덕이며 커다란 기자재가 든 배낭을 짊어졌다.

"그건 내가 들지."

"괜찮아요."

"그런 문제가 아니야. 하루가 거대한 가방을 짊어지고 내가 빈손으로 있는 건 보기가 그렇잖아."

말이 끝나자마자 배낭을 빼앗아서 내가 멨다.

……무겁다!

예상을 훨씬 초월하는 중량에 나도 모르게 비틀거렸다.

아내가 걱정스러운 얼굴로 나를 보았다.

"무겁죠?"

"……정말 가벼워. 이 정도로 무겁다고 하면 겨울 산 같은 데는 못 올라가지."

일단 호언장담을 했지만, 다리가 비틀거리기 시작하고 식은땀이 났다. 역시 사람은 겉보기만으로는 알 수 없다고

개탄했다. 이 무게를 짊어지고도 안색 하나 변하지 않은 채 걷는 아내의 몸은 어떤 구조로 되어 있는 걸까……

규베에까지는 200미터도 안 된다. 어쨌든 거기까지는 정신력을 발휘해서라도 걸어야 한다.

"이치 씨, 봐요. 구름 사이로 보이는 달님이 아름다워요. 오늘 밤은 더욱 각별하네요."

"그래?" 하고 대답하면서도 나는 가만히 발밑을 노려보면서 걸어갔다.

달 따위를 올려다보았다가는 그대로 뒤로 굴러 두 번 다시 일어나지 못할 것이다.

"오늘 밤에는 좋은 달을 찍을 수 있을까?"

"그럼요!"

아내의 투명한 목소리가 들렸다.

흘깃 거리를 바라보니, 가게 앞에 늘어선 양초와 가로수에 장식된 네온으로 대로가 반짝반짝 빛나고 있었다. 이미 밤늦은 시간인데도 여기저기 젊은 커플들이 즐거워 보이는 모습으로 지나간다.

옆에는 명랑한 목소리를 내는 아내. 그 작은 어깨를 비추는 부드러운 가로등의 반짝임.

이윽고 흩날리기 시작한 것은 거리의 불빛을 받아 빛나

는 가랑눈이었다.

달빛 아래 내리는 눈이라니 드문 일이다.

아내가 "와아!" 하고 소리를 지르며 뛰어나갔다.

이것으로 충분해!

나는 불현듯이 확신했다.

이걸로 충분한 것이다.

생각해보면 인생이란 특별한 기술이나 재능으로 마법처럼 만들어내는 것이 아니다. 처음부터 사람이 태어난 그 발밑 흙덩이 아래 묻혀 있는 게 아닐까.

나에게 그것은 최첨단 의료를 배우는 게 아니라 아즈미 씨 같은 사람들과 시간을 보내는 것이고, 나아가 아내와 함께 이 발걸음을 계속하는 것이다.

당연한 일처럼, 이전부터 결론은 줄곧 거기 있었던 것이다.

갈피를 잡지 못할 때일수록 멈춰 서서 발밑을 향해 쇠망치를 휘두르면 된다. 그러면 자연히 거기서부터 소중한 것들이 모습을 드러낸다.

사람이 그런 자명한 일을 잊어버리는 것은 언제부터일까.

어느새 발밑의 보물을 알아차리지 못하고 먼 곳을 바라보거나, 앞으로 계속 나아가는 것만이 옳다고 퍼뜨리는 세상이 된 것일까.

그렇지 않을 것이다.

방황하고 고민할 때야말로 멈춰 서야 한다.

강을 막고 산을 깎아 돌진하는 것만이 인생이 아니다. 여기저기 묻혀 있는 소중한 것들을 정성껏 파내어 쌓는 것 또한 인생이다.

"하루, 대학병원 말인데……."

말을 꺼내는 나를 아내가 의아한 듯이 뒤돌아보았다.

"이치 씨, 뭐라고요?"

더없이 사랑스러운 미소이다.

나는 잠시 생각에 잠겼다가 아내와 마찬가지로 미소를 지었다.

"아무것도 아니야. 자, 가자."

훨훨 내리는 가랑눈이 하얗게 길 위를 물들이기 시작했다. 얼어붙을 것 같은 겨울바람이 오늘 밤만은 왠지 상쾌하게 느껴진다.

인생은 길다. 조만간 또 길을 잃고 방황할 때가 있을 것이다. 우왕좌왕하며 돌아다니고 하찮은 일에 사로잡혀 오뇌할 때도 있을 것이다. 바로 그때, 나는 소리 높여 외치리라.

멈춰 서서 가슴을 펴고 망치를 휘둘러라!

발밑의 흙에 무심히 정을 갖다 대라!

서두르지 않아도 좋다.

대답은 항상 그곳에 있다.

'하나'에 머문다고 쓰고 '바르다'라고 읽지 않는가.

불현듯 돌아보니 달빛 아래 내리는 눈, 그 앞에 새카맣게 솟은 마쓰모토성이 보였다.

작은 진실을 겨우 찾아낸 나를, 국보인 명성(名城)이 유유히 내려다보고 있었다.

옮긴이 채숙향

고려대학교 일어일문학과를 거쳐 동대학원 박사과정을 졸업했다. 고려대학교
와 육군사관학교에서 강의했으며, 현재 백석대학교 교수로 재임 중이다.
옮긴 책으로는 『빨리 명탐정이 되고 싶어』, 『여기에 시체를 버리지 마세요』, 『사
자가 사는 거리』, 『마법사는 완전범죄를 꿈꾸는가?』, 『약해지지 마』, 『타력』, 『대
하의 한 방울』, 『삶의 힌트』 등이 있다.

신의 카르테 1 : 이상한 의사

1판 1쇄 발행 2018년 5월 2일
1판 6쇄 발행 2021년 1월 4일

지은이 나쓰카와 소스케 **옮긴이** 채숙향
펴낸이 김영곤 **펴낸곳** (주)북이십일 아르테
문학사업본부 이사 신승철
문학팀 김유진 김지현 **디자인** soo_design
해외기획팀 정미현 이윤경
영업본부 본부장 한충희 **출판영업팀** 김한성 이광호 오서영
마케팅팀 김익겸 정유진 김현아 **제작팀** 이영민 권경민

출판등록 2000년 5월 6일 제406-2003-061호
주소 (우 10881) 경기도 파주시 회동길 201 (문발동)
대표전화 031-955-2100 **팩스** 031-955-2151

아르테는 (주)북이십일의 문학 브랜드입니다.

(주)북이십일 경계를 허무는 콘텐츠 리더

아르테 채널에서 도서 정보와 다양한 영상자료, 이벤트를 만나세요!
네이버오디오클립 / 팟캐스트 [클래식클라우드] 김태훈의 책보다 여행
페이스북 facebook.com/21arte　　　　블로그 arte.kro.kr
인스타그램 instargram.com/21_arte　　　홈페이지 arte.book21.com

ISBN 978-89-509-7427-5 (04830)
　　　　978-89-509-7431-2 (세트)